人間の懊《おう》悩《のう》

今は呑みたい

Michitsuna Takahashi

高橋三千綱

青志社

人間の懊悩《おうのう》
今は呑みたい

高橋三千綱

人間の懊悩　今は呑みたい

目次

第3章 大切な人への思い

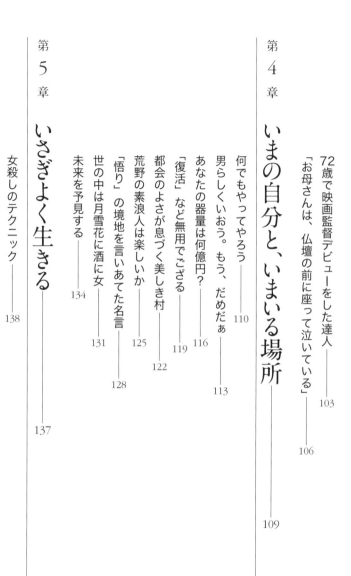

第6章 あらためて、〝自由〟を考える――161

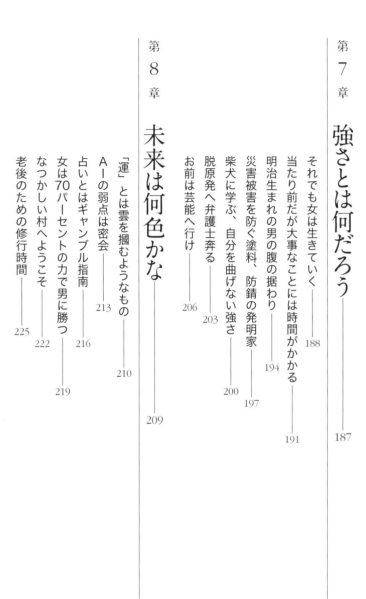

装丁・本文デザイン　岩瀬聡

第1章

今は呑みたい

飲兵衛のなれの果て

採血を受けたのだが、家庭医同然の医者が検査報告書に目を落としたとたん、椅子の上でのけぞった。こんな数字は見たことがないというのだ。

「γ《ガンマ》－GTPが3千895ですよ、これでよく生きていられますね」。基準値は80IU／L以下であるというからおよそ50倍である。

原因はアルコールの摂り過ぎである。それで肝機能に異常が生じ、血液中にγ－GTPが洩れだして数値が上がったのである、本来γ－GTPはタンパク質を分解、合成する働きをするという。大切な味方を酒のため裏切ってしまった罰が、身体のだるさとなって現れて数年が経っていた。

ひと月後に再検査をすると今度は「4千18です」と結果が出た。医者はアルコール性肝障害か肝硬変の恐れがありますとつけ加えてから、「入院しますか?」と訊いてきた。それもいいかなと私はちょっと思い悩んだ。それより10年ほど前に麻布十番の病院に検査入院したときは、女医から看護師までみな十人並み以上の容貌で見舞客が羨ましがっていたものだった。しかしその当時とは家庭の財政事情が違っていたので、禁酒を誓って入院は勘弁してもらった。

だが、飲兵衛は麻薬中毒者と同じで禁酒の誓いなどすぐ破る。

翌年の2月、くだんの家庭医から紹介状をもらって武蔵野赤十字病院に行った。日本では3本の指に入るという肝臓の権威の先生から、2時間待ちの3分間の診断を受け、「もう肝硬変になっている。今日から禁酒、このままでは1年で肝臓ガンになり死に至る」と叱られて、半年間禁酒した。

薬はなく、「破壊された肝臓は元には戻らない。一日中安静にして寝ているしかない。散歩もダメ」といわれた。早い話、死刑宣告である。それで毎日念仏を唱《とな》えてベッドで横になっていた。

半年経って数値はほぼ正常値に戻った。同時に居酒屋漂流が復活した。だがダイエットのリバウンドと同じで、64歳になった昨年、ついに歩行すら困難となり大学病院で診察を受けた。入院は拒むつもりでいたが、そこで余計なことに食道ガンが見つかり、内視鏡手術のため、ついに入院する羽目になった。退院後は肝硬変から肝性脳症になり、3日間記憶が途絶えた。

その頃、山口大学の坂井田《さかいだ》功《いさお》教授が骨髄細胞を使った肝再生治療を開始したと知って、臨床実験に使ってくれと手紙を書いたが、Alc や血小板数が厚労省の定めた基準値に達していないと断られた。

それで最後の望みで「幹細胞療法」を受けた。

再生医療費と人間の価値を測ると

幹細胞の治療を受けた、というと同年輩の男はまず「で、あっちの方はどうなった？」と訊いてくる。いつの間にか、幹細胞治療も若返り法として有名になっていたようである。

世間でいう勝ち組連中は根がケチなものだから、他人の効果を見てから高額な治療費を払おうかどうするか決める様子でいるのである。効果とは勃起能力の大復活を指している。「余計なお世話だ」と、私は一喝するのであるが、こればかりは試してみないとわからないとフト感慨にふけってしまう。

幹細胞の点滴を受けた医院では、まず最初に簡単な質問に答えるのだが、その中に「男性機能が低下していると感じるか」という項目がある。タブレットにイエス、ノーのマークを入れるのだが、若い女性の看護師が微笑みを浮かべて、こちらの指先を見つめているので毎回たじろぐ。秋葉原の店であれば、看護師のコスチューム姿の女を相手にすぐに試せるのに、この医院ではサービス業の心得が不足しているなあと腹の中で文句をいったりする。

しかし、私が幹細胞の治療を受けたのは、もう少し生きてみたいと欲望を抱いたからである。家族や元愛人（見栄を張るな）、友人知人から懇願されたからではない。あくまで個人の生への執着心から出たことで、つまり延命策である。

ここに疑問が生じた。放っておけば肝機能障害が原因で60歳で死ぬ予定だった人が、「再生医療」の治療を受けて65歳まで生きたとする。5年間寿命が延びたわけで、それには幹細胞の働きが重要なのである。体内には元来「成体幹細胞」があり、古くなった細胞、傷ついた細胞を新しいものに入れ換えるために分裂を繰り返しているのだが、これを人工的に作った代表例が京大・山中伸弥教授のｉＰＳ細胞であり、欧米で盛んに研究が行われているＥＳ（胚性幹細胞）なのである。

万能細胞と話題になった理化学研究所のＳＴＡＰ細胞も幹細胞の一種で、早い話、延命治療なのである。これを「不老不死」の夢の万能薬と報じる旨もあるが、それは間違いである。人には寿命がある。だいたい２００歳の元気な老人が町中を彷徨《ほうこう》していたら、おっかなくて仕方ない。ここはゾンビの楽園かと想像してしまうだろう。

ただどちらも実用化には早くても5年の歳月がかかる。それまでには必ず死んでしまうと私は判断して、増殖した3千万個の幹細胞を1単位として、最初に3単位、翌月1単位、3度目も1単位を年末に点滴で体内に注入したのだが、その時間は40分ほどで、これだけで壊《え》死《し》した肝臓細胞が生き返り、5年間の寿命が延びるのだったら、世の中悪名高い老人だけになるなと思った。1単位にかかる費用は90万円。3度目の治療後は血糖値が不安定になったため、2月に4度目の治療を受けた。

ただ治療はここで打ち止め。男性機能の復活なんて知ったことかと叫ぶ毎日である。なぜなら、5年間の延命のために支払った治療費に見合うだけの人間的価値が、てめぇにあるのかと自ら懊悩《おうのう》しだしたからである。

健康の心地よさを求めたが

少し恥しいが、告白しなければならないことがある。実は最近、スポーツクラブに入会した。告白などと大裂裟な表現を使ったのは、これまで私は「健康にいい事など、何ひとつしたことがない」と、まるで無頼派作家を気取って放言し、毎晩のように居酒屋放浪していることを得意気に、雑誌に書き散らしてもいたからである。

その心底には「健康のために」と考えること自体、不遜なことであり、不健康の証《あかし》ではないかという思いがあった。不遜という言葉を使ったのは、自分を卑下《ひげ》していったのではなく、本心からおまえごとき自堕落な人間が健康を望むのは罰当たりである、と思っていたからだ。

私は30台の半ばに、胃の4分の3を摘出するという手術を受けている。それまでの私は暴飲暴食の権化《ごんげ》で、毎日、陽が昇るまで飲み歩いていた。胃弱体質なのに、どういうわけか酒が強かった。

友人たちからよく、そんな飲み方をしていては、身体が壊れてしまうといわれたが、まるで聞く耳を持たなかった。胃を切る羽目になったのは、当然の結果だった。

退院してくると、壮年の男が老人になっていた。ちょっと強い風に当てられるとフラフラした。自分が1枚の紙になったような気がした。私は落ち込んだが、この時期、家族はむしろ安心していたようだ。これで酒をやめるだろうし、規則正しい生活を続けていれば、いずれ体力も戻ってくると思っていたようなのである。

確かに体力は戻った。同時に酒も復活した。何故こんなに飲まなくてはいけないのか、自分でも悲しくなるほど飲んだ。何故そこまで自分の身体を痛めつけなくてはいけないのか、と、自分でも絶望的に思えるほど酒を飲んだ。

ある年まで、私は自暴自棄になっていたのかもしれない。3週間で退院できる、と院長にいわれていたのに、実際に退院できたのは2か月後だった。もう何年も生きられない、それならば、自分で自分の内臓を破壊してしまおうと考えたのかもしれない。飲んで家に帰ってタクシーを降りたが玄関までたどりつけず、路上に倒れ込んでいたこともある。車が通ったらきっと轢《ひ》かれていたことだろう。

アルコールをやめるために、入院したこともあった。足がごぼうのように細くなり、自宅の階段を上ることさえきつくなったからだ。ゼエゼエと肩で息をつきながら、どうもパタンと死んでしまう様子はない、ならば動けなくなる前に、入院した方がいいな、と思ったのである。家人の心配はピークに達していた。

1週間入院するとすっかり元気になった。毎日数百段の階段の上り下りをしていたので、太股の筋肉もついた。胸囲も増えた。元気でいることの愉しさが分かった気がして、赤坂のスポーツクラブに入会した。一気に筋肉マンを目ざしたのである。だが、そのクラブへは、最初に案内を受けて以来、丸1年行くことはなかった。エアロビで汗を流す女性や、プールで泳ぐ外人たちを見て、ここは自分には適さない、と早々に結論を出してしまったのである。エアロバイクで脚力を鍛えている男を見て、そんなことをするのなら、自転車に乗って、宅配便のバイトをすればいいではないか、と思うほどだった。

昨年3月、私は宿泊していた大阪のホテルで意識が遠のき、深夜救急車で病院に運び込まれた。若い未熟な研修医に当たり、ここにいては殺されてしまうと喚《わめ》いて逃亡してきた。その後も酒を飲むと、身体がだるくなり、翌日は1日中寝ているというていたらくが続いた。

スポーツクラブに改めて入ったのは、もう一度、健康の心地よさを味わってみたいと思うようになったからである。それにはきっかけがあるがひと言では説明できない。今は「健康になりたい」仲間を募《つの》っている。

どうして生きているのか

食道ガンの内視鏡手術をしたのが64歳の5月で5年前のことだ。とにかく時間がたつのが速く、死ぬ前にしなくてはならないことを箇条書きに書き留めておいたのだが、ようやく15パーセントほどができたばかりである。あいつだけは生かしておけないと復讐を誓ったこともどうやら未遂に終わりそうである。それでその思いを小説にして執筆中であるが、これも未完に終わりそうな気配である。

それでも私がまだ生きていることの不思議さを感じる人がいるらしく、ここ数年そんな質問ばかり受けている。

食道ガンの前に、肝硬変の影響で食道静脈瘤ができ、脹れあがっていた13個のほとんどを硬化療法で取り払ってもらった。

そのあとどさくさという感じで食道ガンの内視鏡手術をされたのだが、これは10パーセントほど残してやめたようだ。担当医が老齢で疲れたのである。手術中、ご本人がそういうのを私は聞いていて、私もつらかったので、そうしましょうと思っていた。

　胃ガンがふたつできている、１個はすごく顔付きが悪い、すぐ手術しよう、しないと半年後には大変なことになる、と高名《こうめい》な外科医はいった。別室に呼ばれた家人は「覚悟してください」といわれたという。

　覚悟した私は、手術を断った。理由はふたつ、手術が成功しても私の体力は元に戻らない。たとえ真性ガンでもゆっくり死ねるし、痛んだら薬チュウになってハッピイな3年間を過ごせばよい、という理由であった。

　知り合いの鎌田實《みのる》医師に臨床検査の結果を見せたら、これは確かにガンですね、でも手術を断ったのはなぜですか、と聞かれたので、今書いたふたつの理由をいった。鎌田氏は慎重に頷《うなず》いていたが、私が「そのふたつのガンは現在冷凍中なんです」といったらにわかに慌てだし、え、どうやってと聞いてきた。

　それは私だけの「秘伝」なのだが鎌田氏にだけはそっと伝えておいた。秘伝、にしたのはほとんどの人が信じないからである。だから説明するのも面倒だし、他人を説得する義務もない。

相手が「どうして生きているのか」「なぜ生きたいのか」「深く生きる意義を考えたことがあるか」という質問を理解しようとすることがないのも一因だ。ゴルフ場で80歳過ぎた老人が昼飯にカツカレーをがつがつと食い、あとでゲーゲーやっている様《さま》は仏画に描かれる「餓鬼」そのもので、こういう人などは私の質問の意味など絶対に分かるまい。

ところで、日本での死因はガン、心臓、肺炎、脳、老衰となっていてガンは30パーセントである。アメリカでは心臓、ガン、慢性下気道疾患《かきどう》（肺気腫、気管など）となっている。ところが、ガンがトップに肉薄してきて年間30万人が死んでいる。

それに異議を唱えた組織があって、「医療ミス」で毎年20万人が死んでいると告発した。当然製薬会社で成り立っているアメリカメディアは黙殺したが、それは死因の第3位に匹敵する。私が手術を拒否した理由もそこにある。私の胃ガンは偽物だったのである。

あの入院は何だったのか

7年ぶりに入院した。

その間ときどき芭蕉の句を思い浮かべた。

「あかあかと日はつれなくも　秋の風」

寂しさがひとしお募《つの》る句である。7月に入っていたというのに、病室に差し込む日の光は弱々しく、小雨交じりの曇り空が多かった。

それでも何か書きたくなるのは作家の性《さが》、というより私の場合、中上健次がよくいっていたように「病理」というものかもしれない。次は何を書くんだ、と彼から聞かれ、ミステリーを書く、と答えたら「路地」を舞台に息苦しい小説と格闘していた中上は、「お前、正気か。芥川賞作家だぞ」と口をあんぐりと開けていた。

そういうことも含めて私は書く人として生きて来た。

そこで病室では若く元気のいい看護師さん数名に励まされて、危険な高校生を主人公にした青春小説を書き出した。

すると彼女たちは遠慮がちに覗く。そこでどんどん読んでくれ、といって私はパソコンをみせる。物語が進み出すと、ふたりのファンができた。

これは患者にとっては励みになることである。

最初の7日間は絶食だったので、腹が減ってなかなか寝付けず、深夜まで時代小説を書いていた。消灯時間をシカトしていたわけだが、彼女たちは何もいわず、点滴を点検すると静かに出て行った。

私が消化器内科の担当医をいいくるめて退院してきたのは11日目のことだった。

そもそも入院自体を理不尽な仕打ちだと思っていた。

食道狭窄のためCT検査、造影剤CT、バリウム、X線、内視鏡検査、さらに4日後に再び内視鏡検査を受けた。

私はこれまで、内視鏡検査の度《たび》に出血し、その上出血のために1週間入院を余儀なくされたこともあった。

それで不安があったのだが、再検査を申し出てくれた医師は日本中に聞こえた大家《たいか》であり、

7年前に食道ガンの処置をしてくれた御大《おんたい》であったのでおとなしくベッドに上がった。だが狭窄のため内視鏡が食道に入らず、バルーンを入れて広げた。実は4日前の検査でも出血していた。私の不安はそこにあった。

鎮静剤が薄れたため、食道と胃から出血する様を私は苦しみながら画面を通して見ていた。検査後、止血されたが様子を見るために入院させられた。

私は家で養生《ようじょう》するといったのだが入院担当医の許可がおりず、その結果11日間点滴につながれたのである。

検査の結果の止血入院であるから、食道狭窄は治っておらず、自宅ではうどんを一本一本食べる毎日を送っている。

58キログラムあった体重は49キログラムまで落ちた。

ベッドに横たわり、このままでは栄養失調で冥土にいくな、すると検査成仏となるな、と思ったりする。

でも蕪村にそんな私の心を丸く抱きかかえてくれるいい句があるのを知った。

「月天心《つきてんしん》　貧しき町を　通りけり」

また熱い飯が食える

専門家は口腔機能を鍛えるために少々硬いものでもしっかり嚙んで飲み込めという。だが、食道狭窄症でわずか2ミリしか食道が開いていなかった私が硬いものをとれば、七転八倒の苦しみをすることになる。

ハンバーガーを齧《かじ》っただけで食道が塞《ふさ》がれ、水を飲むこともできずにただ座ったまま、4時間も我慢しているしかないのである。

昨年7月1日に、食道狭窄症の治療のため私は2か月近く入院することになった。最初に内視鏡で食道の状態を検査することになったが、そこで大出血をみた。その止血のため12日間入院した。

食道を狭めているのは進行性食道ガンと食道静脈瘤が原因だろうということで、食道ガンにかけては日本一の権威、幕内博康《まくうちひろやす》医師の執刀で、まず静脈瘤を固めて取る手術を7月末から行った。

わずか5週間のうちで4回の手術をした。絶食が続き、71歳の体はさすがにこたえた。しかし、食道狭窄は2ミリのまま変わらず、退院したもののミルクを飲むとむせて苦しむ有様だった。炊きたてのご飯に卵をかけて食べるCMが目に入ると深い絶望感に襲われた。

私にはこのまま栄養液を取りながら、細く短く生きるしか手だてがないとはっきり思わされたからである。幕内先生からは、私の場合、外科的手術はもうできないので放射線治療を受けるしかないといわれた。もう匙《さじ》を投げている感じであった。

「いかに深く生きたか」

城山三郎さんの言葉をたびたび思い浮かべたのもその頃である。18歳のときに留学先のサンフランシスコで偶然出会い、その後作家になった私に何かと目をかけてくれた恩人だ。その城山さんが奥さんを亡くされた後、ゴルフ場で景品にもらった食器を私に使ってくれという。その理由を聞くとこういった。

「家に帰っても誰もいないから」

こうポツリといわれるのを耳にしたとき、私は絶句したものだった。その城山さんの、寂しげな横顔が蘇った。

病院を退院した翌週から、私は25日間の放射線治療を受けた。その結果食道は1・5ミリとかえって狭まった。幕内先生から最後の賭けといわれて内視鏡治療を再び受けたのは翌週のことだ。

手術の前日、院長から「食道が爆発して即死するかもしれない」と説明を受けた。その晩、妻はずっと泣いていたらしい。

だが、奇跡は起きた。劇的な成功と幕内先生が自らいわれる通り、わずか20分の手術で内視鏡は胃まで通り、ついでに胃の静脈瘤まで取ったという。

穴は15ミリまで開いた。そのとき進行性食道ガンが消えていたからスムーズだったと先生は家人に伝えたという。

翌日の夜、先生とエレベーター前に佇《たたず》んでいると「もう狭くなる心配はないよ。進行性食道ガンが突然みんな消えたからね。あれは放射線の効果ではないね。ガンがあった痕跡がない。奇跡だね」

淡々と奇跡を語る幕内先生の隣で、私はこれで熱い飯がまた食えると胸のうちで泣いた。

奇跡の人生の始まり

作家、作詞家、シャンソン歌手、音楽プロデューサーと、いくつかの楽しげな顔を持つなかにし礼氏が、食道ガンのため、すべての仕事を絶って治療に専念すると告白したのは、今年3月のことだった。氏は「切らずに治すガン治療」に賭け、自ら探し出した「陽子線治療」を、自らモルモットにしてもらってもいいからといって、国立がん研究センターを訪ね、治療を受けた。その結果、9月末になって、食道ガンが完全に消失したとの診断を主治医から受けて退院、テレビにも復帰してきた。

この間の詳細については、誤解を招くといけないということで御本人が書くはずである。

ただ、氏のような奇跡の人生を過ごすためには運とともにそれまで培《つちか》った経験、思考能力、その他もろもろが要求されると、あらためて考えさせられた次第だった。

今年5月、治療中であった氏は、私にこんな手紙をよこしてくれた。

「経過は順調でこのままいくと完治するのではないかと、そんな夢を見ています。生活をがらりと一変させましたので、毎日、読書読書で学生時代に返ったようです。たぶん秋頃には元気になると思いますので、そのときは食事でもして色々と積もる話をしましょう」

なかにし礼氏は、私より丁度10歳年上の74歳である。生まれは中国黒龍江省で、引き揚げのときの母の苦労は並大抵のものではなかったらしい。立教大学時代からシャンソンの訳詞を手掛け、その後自ら作詞した『知りたくないの』のヒットを切っ掛けに、プロの作詞家になった。

実はこの頃、私はなかにし氏に弟子入りしようと思い立って、日比谷のレコード会社を訪ねたことがあった。もちろん門前払いを食らったが、後年、そのことをなかにし氏にいうと、「それは幸運だったたよ、作詞はA型だからできるんだ。一番から創るものではなく、最後の行から書き出すんだ。楽天家のミチにはできないよ」。それから、小説家のほうが制約がないし、ずっといいよ、といっていた。

その数年後に、なかにし氏は作家デビューを果たし、『兄弟』（文藝春秋刊）では兄との確執を描き、文壇の大きな話題になった。ことに夜間のニシン漁の描写はすさまじく、その文章力に圧倒されたものだった。そのモデルとなった実兄は生前、ゴルフ場を造るため、手形を連発し、弟のなかにし氏は数億円の借金を背負う羽目になった。そんな状況のときでもなかにし氏は、私を京都に誘ってくれた。

祇園で、なじみの芸妓《げいぎ》と愉快に戯《たわむ》れるなかにし氏を見ながら、人生の達人とはこういう人のことをいうのだろうと羨ましく思った。なんせベラボウに女にモテるので。しかも、それを噯《おくび》にも出さない。

2度目の心筋梗塞で倒れたときは深刻で、作詞を一度はやめたほどであったが、立ち直った氏が銀座の高級フランス料理店で、凄い美女と食事をしているのを偶然見たとき、さすがであると感心した。

瓢々《ひょうひょう》としていておしゃれ、しかもケチとは無縁の性格はすぐには真似できない。そんななかにし氏が生還できたのは「74歳からの人生の見本たれ」と神様にいわれたからだと信じている。

入院保険の予習とおさらい

テレビをつければ生保、がん保険の保険のＣＭが流れている。そこでどの保険が被保険者にとって一番ふさわしいか調べる必要がある。

まず、「当社は利益を度外視して契約者のために保険を提供している」と宣伝している会社は要注意である。儲けを度外視すれば倒産するのは目に見えている。すると、大事なときに保険金が支払えなくなる。

数年前から証券会社までも保険業界に参入してきたが、インシュアランスアドバイザーという肩書を名乗れるのは、あらゆる生保の違いを説明できる一部の人たちだけであるということだ。それとネット販売などで案外高い保険を買わされてしまう知識人も多い。

これで保険に関する予習はおしまい。あとは取り寄せたパンフレットを丹念に読み比べる忍耐力があればよろしい。

復習に関しては、私の体験を申し上げるので参考にしてもらいたい。23年度の私は病院を出たり入ったりしていた。そんな印象なのである。長年の不摂生がたたり、アルコール性肝障害から肝硬変に昇格したのが3年前。あと10年の命と宣告された。それで半年禁酒をして肝臓、膵臓《すいぞう》を休ませると数値がグンとよくなった。調子に乗って以前にも増して飲み始めると、とたんに肝硬変に逆戻りした。別の病院で検査を受けると、伏兵ともいうべき食道ガンが見つかり、平成23年の4月末に入院した。ガンの手術の前に食道静脈瘤の治療の必要があり、そのため3回に分けて内視鏡の治療をした。

全ての手術は外科医の腕にかかっている。たまたま自宅近くの大学病院をぶらりと訪れて診察を受けたのだが、内視鏡での手術を担当してくれた先生が日本ではトップクラスの食道ガンの権威であったので助かった。その後、肝硬変のために壊滅した肝臓を休めるため、何度か入院をした。合計すると50日間になる。

そこでガン保険が登場する。米国の会社のガン保険に入ったのが13年前の51歳のときである。1日1万5千円の掛け金で2口《くち》入った。日本の保険では、姉と生前母が勤めていたT生命の終身保険に3口入っていた。この死亡保険の掛け金が毎月7万7千円で20年契約だった。他にも契約していたが母の助言によって年金保険を解約した。たしか1千万円くらい戻ってきた。残った3口の生保は平成22年に満期になりもう支払い義務はない。ただし死亡時2億円の保険が満期になって10分の1の取り分になった。生保には入院保険もつけた。それは年払いで30万円ほどだ。

さて米国のガン保険だが、ここは食道ガンの診断書をつけて日本本部に送ると、2口分合計300万円の給付金が3日後に妻の口座に振り込まれてきた。これは65歳になっていたら半額しかもらえない。他にも入院給付金などで120万円入金された。合計420万円ほどである。

T生命からは手術給付金も含めて92万円の振り込みがあった。持病のため入院5日目からしか給付金が支払われず、20日間で打ち切られるという古い保険を続けるしかなかったせいである。大学病院に支払った入院費は合計130万円。でも儲けたとは思っていない。

馬鹿な医者が誠実な患者を殺す

人間は心臓が止まると確実に死んだことになる。脳死というのは医学界がいい出したことで、ちょっと都合がよすぎるのではないか。

死んだ人間は物体だから医学の実験材料にしようという魂胆が見えるのである。そういった疑惑を医学、もう少し狭めていえば担当医に不審を抱くことが多かった。

いきなりだが、かなり狭めてしまったですな。

その担当医が患者の死因になっているのである。私はまだかろうじて生きているので私ではない。多くの誠実な患者に対してそうなることを危惧している。

「馬鹿いうな。担当医が患者の死ぬのを望むわけがない」という人には反対にこう質問しよう。

「あなたは担当医からストレスを受けたことはないか」

日本人のほとんどは医者に対して従順だから、かれらがいうことはすべて信じて、命令に従う。どだい手術直前になって「手術の必要を理解しました。手術の結果がどうなっても病院側に文句をいったりしません」という書類にサインしろというやり方自体、詐欺と脅迫の羽交《はが》い締めにあっているようなものである。そして「手術は成功しました」と外科医の自画自賛の言葉の陰で、数日後には容態が急変した、という病院からの連絡を患者の家族は受けることになるのである。

手術の成功と患者の生命とは、医者にとっては全く異なる分野の話なのである。

だが、手術になるまでに助かる道がいくつかあったとなると、「患者の死を喜ぶ医者などいない」と頑固に思い込んでいる人には、これまた全く理解のできない分野、大きくいえば人生哲学というものを一度も味わったことのない世界に踏み入れることになる。

わからない人に少しだけヒントを出そう。

「心臓は病気が悪化して止まるようになるが、その病気を引き起こしたのは、病原菌ではなく、その前に溜められたストレスに原因があるのだよ」

つまりストレスが人を殺すのだ。政治家ならば落選ストレスが心臓を撃つ。経営者ならば倒産ストレスが死因だ。だが一般人に殺人ストレスを撃ち込んだのは、「あんたの目の前にいる担当医」なのである。

私は病院に行くたびにストレスが溜まる。入り口が葬儀場のように無機質だ。カウンターがあり、長椅子には患者が不安げに座っていて、その姿はまるで閻魔《えんま》大王から与えられる番号札を待っているようである。これは病院の建物を画一化されたものにした医学界が愚鈍なのである。ホテルの設計家に「病院のようなホテル」を設計させて、病院として使う。

それから担当医をホテルマンに改造する。順天堂大学病院で若い担当医から「あなたの心臓は常人の3分の1しか動きません。もう一生動けないでしょう」といわれてストレス死に見舞われた作家の北原亞以子《あいこ》さんの無念も晴れるというものである。

馬鹿で人間哲学を知らない医者が患者を殺すのは、馬鹿ではない医者だけが知っている真実なのである。

命の湧き水

湧き水には、人の運勢を好転させる作用があるという。そんなことを何年も前に聞いたことが頭の隅に残っていて、あるときたまたま出会った女占い師から、何月何日に、どこそこの湧き水を汲みに行って、それをひと月かけて飲めば、あなたには幸運が訪れる、といわれた。何事にも疑念を差し挟むことのない私は、さっそく指定された日に埼玉県まで出かけて神社から湧く水をペットボトルに汲んだことがある。

そんな占いを3回受けて、そのたびに水をあちこちに汲みに行ったが、格別自分の身が上昇気流に乗ったという感慨は受けなかった。もっとも、霊験あらたかなる神水というものは、いつの時代にも存在するもので、変化がないからといって、がっかりすることもなかった。努力が足りないのだと思ったばかりである。その後、あそこにおいしい水が出る、という話を聞けば、ポリ缶を持って出かけていった。府中の大國魂《おおくにたま》神社に湧く水は、仕事場の冷蔵庫にいつも収まっている。

　昨年からは、知人が愛飲していたガンをも駆逐する、糖尿病も治る、という噂の超ミネラル水を、毎日60ＣＣずつ飲んでいるが、酒を飲んでいるせいか、血糖値は空腹時で２００以上を保ったままである。それに２リットルで１万円近くかかる高価なものなので、これこそ水商売というものではないか、と怪しむ気持ちも芽生え始めていた。

　そんなとき、いつも行くラーメン屋で飲む焼酎割りが、ほかと違って美味なことに気がついた。私は日本酒党だったので、あまり焼酎割りを飲むことがなく、気付くのが遅れたのである。どんな水かと訊くと、「実は大垂水《おおたるみ》峠にあるラーメン屋から出る湧き水を、１リットル50円で分けてもらっているんです」。

　それで彼に案内してもらったのが、「富士屋」と付き合うことになったきっかけで、毎回20リットルのポリ缶に水を入れてもらい、それからトラというおとなしい土佐犬と戯れながら、峠から望む雄大な景色を眺めている。与謝野晶子がこの土地の一画を借りて家を建て、富士の高嶺を見ながら短歌をつくっていたという名所でもある。

　この地は現在の「富士屋」の女将《おかみ》さんが生まれ育ったところである。峠の敷地には生家もまだ建っているが、いまは廃屋同然になっている。昭和39年に甲州街道が舗装されたが、それ以前はここでよく東映や日活のロケが行われていたそうだ。時代劇にはぴったりのロケーションなのである。

その女将、佐藤貞子さんのお宝写真は、美空ひばりとのツーショットである。まだひばりが20歳を過ぎたばかりのころで、貞子さんは15歳だった。ロケの間、ひばりは貞子さんの隣の部屋で寝泊まりしていて、朝になるとパジャマ姿のまま貞子さんの部屋にやってきて、化粧をしていたという。

そんな話をしていて、一番始めに気付くのは、貞子さんは肌のきれいなことである。美人である、というと照れてしまう人であるが、生まれてこの方、病気にかかったことがないという話には驚いた。まだ病院の診察券を1枚も持っていないという。風邪をひいた記憶もないそうだ。

「やはり、ここの水を飲んで育ったせいじゃないかしら」

水を飲んだ人からは、血圧が下がった、血糖値が3週間で下がったという話をはじめ、あらゆる病気が改善されたという感謝の報告がくるという。

ここの水は父の榎本百吉さんが、高尾山系から出る湧き水を引いてきたものだ。うまい茶を出す茶屋として客から好かれていたが、中央高速が出来てから客足は遠のき、貞子さんは

９年前から夫と一緒にラーメン屋をやり始めたという。その「湧き水ラーメン」もなかなかの味だ。ここの湧き水には、細菌によってイオン化された微量ミネラルが含まれていて、それが人の免疫力を正常化させるのではないかと私は勝手に想像している。

見放された男と忘れ去られたガン

ネット上の健康医療情報には読者の気を惹《ひ》くためのキャッチコピーが溢れている。ネットの場合、その健康情報からネット広告に結びつけるわけである。ディー・エヌ・エーの情報まとめサイトではその運営が不適切であるとインターネット上で批判が相次ぎ、ついに休止してしまったが、実は私はそのサイト「WELQ」（ウェルク）を探訪するのが習性になっていた。自分の経験を元にガン治療の本を執筆中であるので、あらゆる情報を集め、これはと思う治療院には自ら足を運んだりしていたからである。

実際に再生医療目的の幹細胞注入も受けたし（500万円かかった！）、樹状細胞ワクチン療法のクリニックにも数回通ったし、免疫を上げて自己治癒力でガンを消失させようと免疫療法をしているという指圧にも行った。その間にもネット上に溢れる新しい情報には目を通した。「乳酸菌でガン細胞が減少する」とあればどの食物がよいのか探す有り様であった。

その結果、情報過多で頭の中では整理がつかなくなった。「医者にお手上げといわれた甲状腺ガンが消えた」といった患者の声が出ていれば、ついのぞき見したくなるのである。多分これは胃にふたつのガンを持っていると噂のある私が延命を願ってのことより、作家の好奇心の現れではないかと思う。つまり、こいつらはまことしやかにどんな嘘をついているのだろうと猜疑心《さいぎしん》が先に立っているのである。何故か。様々な医療漂流をした私は「真性ガンは治癒することはない」と真実を見極めたと思っているからである。

「ガンが消えた」のはそれは真性ガンではなく、ガンの顔した別物であったからだろうと考えるようになった。元慶應大学医学部専任講師の近藤誠氏は、この偽物を「ガンもどき」と命名し、放っておいても消えるものだといっている。

真性ガンであれば、時期がくれば必ず死ぬが、それと知って手術をする医者を儲け主義だとも糾弾している。何故なら手術をしてもしなくても真性ガンを持っている人は数年以内に亡くなってしまうものなのである。外科医にいわれるまま手術をしたり抗ガン剤を使用した人は体力の減退に悩まされ、副作用に苦しんだだけ損をしたことになる。

私は近藤論を信じることにした。それまでの医者は「ガンです」「手術しないと半年以内に死にます」と脅迫ばかりしてきたからである。それで高額の医療費を取るのだから、「恐喝罪」もついてくる。

それで仕事のために医療情報を集めはするが、自分自身は一切ガン治療はしないことに決めた。早い話、ガンのことを忘れることにしたのである。毎朝、1分瞑想するだけで胃にガンがあることを忘れてしまう癖がついた。

肉体的にやっているのはゴルフのための体力保持のミッチー体操である。これは剣道、空手、メビウス気流法、それに大東流合気武道のさわり部分をミックスしたものである。やりだしてひと月で空腹時250あった血糖値が110になった。

私は医者から見放されたが、同時にガンの奴は私に忘れられてしまったのである。

第2章

愉しく生きる知恵

ラスベガス万歳

ラスベガスへはロス・アンジェルスから車で行く。飛行機で行くのは味気ない。ラスベガスに近づいてくるときに感じる、ふつふつと湧き上がってくる高揚感を抱けないからである。元来はラスベガスまでの道路は、砂漠の中に無造作にコールタールが引かれた大雑把なものだ。現在も大型のトレーナーがドシドシと音を立てて通る。

それでも車で行くのは、昼間の熱気に蒸された空気が夕暮れになるとけだるい風になり、やがて陽光が落ちる頃に忽然《こつぜん》と砂漠の向こうから、鮮烈な輝きが地平線から浮き上がってくるからである。

そういうとき、私は何故か「ザマーミロ」と思う。文明が、人工の光が、広漠とした砂漠を打ちのめしたと感動するのである。初めてニューヨークの摩天楼を見たときも同じ思いを抱いた。自然を美しいと思う以上に、人間のエネルギーと叡智に感心するのである。

だが、カジノに入ると高揚感はひとまず休息に入る。私がそう指示するのである。

現在、私はラスベガスの「ベラージオ」に滞在している。休暇である。昨年の12月から4月までの間に長編小説を3冊出版した。ひどく疲れた。

そういうときは温泉よりギラギラした、これでもかと思うほどアメリカ的な、あまりにアメリカ的でアホくさい華やかな輝きに彩《いろど》られたラスベガスに行きたくなるのである。

ここストリップ通りには、「ミラージュ」「MGMグランド」（古典的である）、「ウィン・ラスベガス（有名なカジノ王スティーブ・ウィンのホテル）、「ベネチアン」（ベニスを模造した中には運河が流れている。観光客が船に揺られている）、「パリス」（そこはパリである）、「トレジャーアイランド」（海賊どもが夜になると戦《いく》さをする）が24時間営業している。

なんたる電力の無駄遣い。しかしそれが痛快なのである。砂漠からは原油が噴き出し、日光が電力を生み出すからだ。

他にもピラミッドがそのままホテルになっている「ルクソール」、ニューヨークのビル街が出現した「ニューヨーク・ニューヨーク」、上空でジェットコースターが回っている「ハイローラー」が並び、「ベラージオ」の前には人造湖が造られて噴水ショーが開かれる。すべて無料だ。この派手さが「アホ」なのである。ここまで金にあかせて造ったあざといビルが並ぶと、てんでギャンブルをやろうという気になれない。賭博はやはり丁半博打《ばくち》、唐獅子《からじし》牡丹《ぼたん》、諸肌脱いだお竜さんに限る。

それでカジノに入るとあわててバカラなどやらずに、まずバーに入る。カウンターで一杯やりながら、気持ちも身体も喧噪と欲望に満ちたカジノに溶かすのである。やがて私はブラックジャックをやり、サイコロゲームの「クラップス」をやる。そこで4割儲けたらやめる。ギャンブルは勝つことより引き際が肝心なのである。

その後9時から「O《オー》」という人気のショーを見る。水着の女性が次々に舞台に現れる姿は壮観である。そして私はあくまでも優雅なのである。

『天然まんが家』の心やさしい生き様

青春とは、かけがえのないものだ。

『天然まんが家』を読みながら、私は何度となくそう思った。『男一匹ガキ大将』で鮮烈なデビューを飾ったのが21歳のとき。以来、54歳の今日まで、常に人気漫画家の地位を保ちつづけている著者の、これは、最初で最後の自伝である。なんといっても、『サラリーマン金太郎』が2千8百万部の売り上げである。自伝を出しても少しも不思議ではない。

ところが、この本の中の著者は意外なほど謙虚である。かつてゴルフ場で、パッティングがうまく決まらず、怒ってパターのシャフトを真ん中から折ってしまったほどの癇癪持ちの本宮《もとみや》氏なのだが、昔の自分を語る文章には少しもえらぶるところがない。むしろ等身大の自分を語ることにひたむきなその姿勢に、純真さと生真面目《きまじめ》さ、さらに類稀《たぐいまれ》な繊細さを感じてしまうのである。

ことに、デビューするまでの描写が秀逸である。父親に反発し、家を出る口実に、中学を卒業するや少年航空自衛隊の募集に応じて合格。しかし馴染めずに数年後に家に戻る。それから漫画家をめざしてこそこそと描き始めるが、その下手さ加減に自らあきれたりもする。その間、父の所で働いていた女性に夜這いをかけ、それがばれて家を逃げ出し、友人が借りていた3畳間を又借りして、いつ掲載されるともしれない漫画を描く日々を送る。

ここまで読んで私は本宮氏のある短編を思い出した。それはとある田舎に住むあくたれが、美しい娘に惚れ、どうにかして自分のモノにしたいと意気込み、そこへ夜這いの達人を自称する爺さんが現れ、あくたれどもにその極意を伝授する話である。爺さんは娘の枕もとに忍び込んだ状況を設定して、まずズボンとパンツを一気に脱ぐトレーニングをさせる。あくたれどもは驚くほど素直になって、日夜早脱ぎの鍛練をするのであるが、いざ夜這い敢行の当夜になると、爺さんはあらかじめパンツを脱いで、下半身スッポンポンのまま、娘の家に忍び込むように若者に命じるのである、

「なんだと爺ィ、じゃあ今まで、なんのためにズボンを早く脱ぐ練習をしていたんだよ」

そう喚くあくたれの憤怒がおかしくて、私は声をあげて笑ったものだった。それは5年にわたる『男一匹ガキ大将』の連載が終わったあとの、本宮氏の比較的落ちついた時期の作品

であったと思う。

本宮ファンであれば、出版された漫画と作者の間に深い河が流れているのを感じ、そこに架けられた橋の存在をそこかしこに見出すことになるだろう。そういう意味でもこの自伝は興味深い。下宿の３畳間に屋根をつたってやってくる大家の娘の女子高生や、初恋の女性との付き合い、その子との駆け落ちに似た逃避行、別れ、そして妻となる女流漫画家、もりたじゅんとの出会い。その彼女をドライブに誘い、深夜彼女の部屋を訪ね、ドライブの前にといっていきなり布団を敷き、素裸になり、さあやろうという若き日の著者。

青春とはいいものだ、といったのは、そういう昔をけれん味なく描きながら、ひたむきに生きていた自分と向き合っている著者の現在の姿もまた、50歳にふさわしい青春を走っているからである。

挿し絵は娘のもりたあゆみさんが描いている。その娘に「天然」とは「天然ボケ」のことではなく、「養殖」ではない意味なのだと、胸を張るオヤジの虚勢が微笑ましい。

飛鳥の風は甘くとろける

いつの頃からか神社にいるのが好きになった。鹿島、香取神宮を持ち出すまでもなく、多くの神社が武道精神につながっていたり、古色《こしょく》蒼然とした神宮の佇まいに厳粛とさせられ、しばし現世を忘れて陶然としてしまうからである。

裏の本宮に続く昼なお暗いそば道などいくと、すぐ先に神といわれるほの白い人影が立っていたりする。それほど大きな神社でなくても、古の村人たちにとっては神社は心気が澄み渡る場所であり、お祭りの場であったのだろう。

路傍の石に神が宿っていると感じれば祠《ほこら》を建てて風雨に当たらないように敬った。年に一度、日本中の神様を招待して飲んだくれている飯田市の神様もいれば、秋田と山形の県境でひっそりと男を待つ女神もいた。神は人のありようでどこにでも姿を現す。紀元後の人であれば、石や岩ではなく鏡に太陽と同じ温かい象徴を見たのかも知れない。

いまは高尾山の薬師寺が名高くなっていて、頭上にできた女子トイレは眺望、設備とも世界一だという評判すらたっている。しかし、そこはもともとは修験者の山であるのだ。古事記の旅に出てみようという「グルメと女はおまかせ」というけったいな友人が登場して、病院を厚労省から半ば強引に退院させられて腐っていた私を、5月末から数日間飛鳥藤原宮に連れ出した。

彼は仏教には興味はないが、50歳を過ぎてから釈迦に興味を持ち、勉強しだしたという。「ブッダガヤで悟りを開いた釈迦の思いがシルクロードを通り中国の西安に来た。そこから百済をへて日本の飛鳥に伝わった。この土地こそシルクロード終着地だ」

今年は古事記編纂1千300年とかで、各地で行事が行われている。九代目市川中車《ちゅうしゃ》を襲名した香川照之の父が、猿之助時代に梅原猛の書き下ろした『ヤマトタケル』を新橋演舞場で演じるのを見て、首の痛みとともに派手な演出にぶっとんだものだった。私にとっては古事記など、為政者が人民支配のために都合よくでっちあげた物語というだけの思いしかなかった。

「あんなものは多情多恨の殺戮《さつりく》歌謡、仁義無用の家庭崩壊物語だ」と知ったかぶりしていっていたものだが、福永武彦氏が翻訳した『古事記』を読んで考えが変わってきた。さらに神話の世界から数世紀経た飛鳥の時代を垣間《かいま》見て、人々が子孫に伝えたかったことのおとぎ話の部分もあるのではないかと思えてきた。

実は奈良は亡き母の故郷でもある。桜井市朝倉という三輪山の麓《ふもと》にある村で、家のすぐ裏の小さな神社には山野辺の路の切れっ端が通っている。万葉集は雄略天皇が朝倉宮で歌ったとして「花を摘んでる可愛い子ちゃん、ねえー、名前を教えてよ、いいじゃんか」という呼びかけで始まる。

雄略天皇の后《きさき》が住まいしていたという朝倉には、いまだ私名義の山林がある。今回行ってみると、家の近くの石舞台の周辺には、古代からののどかで牧歌的なふんわりとした風が吹いていた。「釈迦の言う苦とは叶わぬ事を叶うようにしようとすることだ」そう呟く友の言葉が身に染みた。

瞑想はたしかに効く

実業家の間で秘かに「瞑想」がブームになっているという。

理由は人様々だ。しかしすぐに人間性向上に結びつく効果も確かにある。「瞑想」の意味を国語辞典でひもとくと、目を閉じて雑念を払い、静かに思いをめぐらすこと、とある。上場企業の経営者は早起きの人が多い。日本電産の永守重信氏は毎朝5時半になればピカーッと目が覚めるそうである。それからすぐに頭が働きだすが、その合間にも瞑想をしているとお会いしたときに聞いたことがある。特別なテーマを考えるのではなく、自然体でいるというが、どのような姿勢で瞑想するのか聞き損なった。頭の回転が速い人だから食事をしながら企業買収、合併のことでも瞑想できるタイプである。

瞑想と聞くとつい座禅を組む姿を思い浮かべてしまうが、その姿勢や状況は様々である。曙の空に向かって半睡して瞑想し、今後会社が進む方向を考えるという大会社社長もいらしたが、その人の場合は困難な事項が持ち上がるたびに段々瞑想する時間帯が早くなり、私とお会いしたときは、午前1時半に起床したといっておられた。それって、単なる眠りが浅いだけではないのか。

そういう話を聞くと、かつてはスポーツ界ではやっていた「ナーバスになっている」という言葉を思い出す。「ナーバス」のブームが去ると今度は「プレッシャー」の大流行である。だが意味は全然違う。ナーバスとは神経過敏になっているという意味で、その行き着く先は自己責任をとれるかという保身的な姿に陥《おちい》る。「プレッシャー」は緊張感という意味であり、それは期待に応えることができるだろうかという不安から出発する。しかし、プレッシャーに負けてしまえば、不安が絶望となって結果に現れる。

そこで登場するのが「瞑想」なのである。この「瞑想君」をうまく使えば、プレッシャーが臆病風から応援歌になり、緊張感がみなぎる自信に変貌するのである。これは真実である。まず実行してみるとよい。

だが、何も座禅を組む必要などない。随分昔のことだが、あるところで数名の者と座禅を組まされ、煩悩を消し、頭を「無」にした。するといきなり竹の勺《しゃく》を持った坊主から肩を叩かれた。

どうやらそれは儀式のようで、他の者は叩かれるとありがたいと頭を下げていた。だがいい気持ちで瞑想していた私はやぶから棒に夢を破られて激怒し、この助平坊主、なにをしやがる、と怒鳴って出てきた。キャバクラ狂いの坊主に説教されてたまるかと思ったのである。

私の場合は朝の体操を終えるとまず瞑想に入る。朝の冷たい風を頬に受けると気持ちがいいのである。そして自分の身体がピラミッドの中にあることを感じ取る。ギザの大ピラミッドではなく身の丈《たけ》が入る空間があればいい。そこに宇宙から鋭く放射された霊光（造語）が頭のてっぺんから尾てい骨を貫く。そして今日起きることに期待を抱くのである。これが人生を愉しく生きる極意。

こんな酒とバラの旅もある

長塚節《たかし》文学賞の表彰式に出席するため八王子の自宅を出たのが10時丁度である。秋葉原駅からつくばエクスプレスに乗り換えて守谷駅に到着したのが12時02分。そこから常総線という一両だけの車輌の電車に乗って、真っ平らな冬枯れの畑の向こうで単身頑張っている筑波山を眺めながら、揺られること30分。石下《いしげ》駅という、昔ながらの田舎の駅にようやく着いた。

タクシーで会場の豊田城まで行くと中が暗い。そこで表彰式は明日だと知らされた。どっと疲れがでた。まるで身体中が濡れ雑巾になったような気がした。また3時間である。守谷駅から秋葉原駅に帰る途中、次は北千住というアナウンスが流れた。ふと、ここで降りてみるかと思った。千住は江戸の外である。町奉行ではなく八州廻りの管轄である。宿場《しゅくば》のような商店街を思い浮かべ降りてみた。

そこでいきなりルミネ、丸井のビルが出てきた。ここは5路線が交錯するターミナルになっていた。駅から3分ほどのところによさげなホテルがあった。部屋代は1万900円。少し休んでからホテルを出ると街道通りとある。

すこし行くと「千住　街の駅」と書いた案内所があり、ここは元魚屋だったのよ、というおばちゃんから、水辺と歴史の街と書かれた散策マップをもらう。そこでこの通りが旧日光街道だと分かった。風情のある商店街の写真を撮って今夜は帰らないと家人にラインで送った。

20メートルも行かないうちに男たちが並んでいるところがあった。これは何ですかと60歳半ばの男に聞くと飲み屋が開くのを待っているのだという。まだ4時である。そこで一緒に入ると30人が座れるカウンターはあっという間に塞がり、常連客のくだんの男と私はテーブル席にようやくついた。

この男との酒は愉快だった。元日立製作所にいた彼は技師時代に東京中の遊郭を上司について回ったという。「通り抜けられません」の札のかかった玉の井まで知っていたのには恐れ入った。

彼と話している内に、千住のお化け煙突を思い出した。教科書にも載っていた話で、小学生の頃、担任に連れられて隅田川に来たことがあった。

店を出て男の推薦する銭湯にひとりで行った。114枚の絵のある格《ごう》天井を見てみろや、といわれたのである。その「大黒屋」はびっくり仰天の江戸銭湯であった。ぬれ雑巾の身体から一気に湯気がたった。銭湯を出るとロス・アンジェルスの娘から、以前よく会社の仲間と安い飲み屋にいったよ、とメールが入っていたので、「毎日通り飲み屋街」にいった。熱燗を呑んでいると看護師をしている妙齢の女性ふたりにからまれ、いじられ、難儀した。

翌朝、旧日光街道を散策し、北斎の富岳百景『武州千住』の地を幻想で堪能した。

1個50円の「えびすかぼちゃのプリン」をおみやげに買ったとき、これで利益は出るのか、と思った私は、足立区梅田にある製造元の「㈱ドンレミー」を訪ねてみようと考えていた。

南アフリカへ散歩に行く

ブルートレインの席がとれたので行って来る、と簡単なメールを残してM氏夫妻が１か月に及ぶ南アフリカの旅に出かけたのは2月末のことである。

３月末に戻ってきたときはサーファー並みに日焼けしていて健康そのものであった。これが同じ歳の男かとあきれたが、さらにあんぐりと口を開けさせられたのは彼が旅の感想としてまず、ゴルフのよさは夫婦がカートを引きながら周囲の景色を見たり、風を舌で転がしたりすることだ、スコアにこだわっていた時代が恥ずかしいとのたまったことだ。

彼のハンディキャップのピークは13で、ついにシングルさんと呼ばれることのないまま下り坂を転げ落ちた。自分の人生と同じだ、というがそれが何度も浮気して懺悔もせずにすっとぼけていた男のいい草か。しかも今度は南アフリカだ。ケープタウンのホテルでは絶世のアフリカ美人をみつけ、彼女と一晩過ごせるのならエイズにかかってもいいと思い詰めたり、アメリカのゴルフダイジェスト社が推薦している世界のゴルフ場ベスト100の100番目にランクされているアラベラGCの景観に惚れ込み、予定していたゴルフ場をキャンセルして5回もラウンドするくらいの「若気の至り」なのである。羨ましい若隠居生活である。

世界一の豪華列車というブルートレインで、ケープタウンからプレトリアまで27時間かけて汽車で出かけたのは旅のほぼ終わり頃。それまではゴルフ場巡りでドイツ人夫婦と一緒になって食事に招待されたり、避暑地にいる豊かなイギリス人とワインを飲んだり外国人との楽しい交流に努めた。ここのデベロッパーはまずゴルフ場をつくり、その周囲に別荘地やショッピングセンターを建てる。それをイギリス人が買うのであるが、本国が冬の間はこちらにきて悠々自適に過ごすのがイギリス流であり、ドイツ流である。ゴルフも8万円の年会費さえ払えば1回400円でラウンドできる。ゲストで行っても4千800円ほどである。

南アフリカは他のアフリカの国とは経済状態がまるで違っていて、かなり裕福な暮らしをしている。

アパルトヘイトと呼ばれた人種差別で国際的に非難されたことがあったが、なに差別などアメリカを筆頭にどこの国でもあるものなのである。ただM氏の感想は違っていて、イギリスは植民地統治がうまく、香港、インドをはじめ支配したところは、その後その国が栄えるように返還している。だがオランダやポルトガル、スペインは、植民地を強奪しただけだったと思いをあらたにしたという。

彼ら夫妻はワイナリー巡りもして、偶然全米オープンを勝ったアーニー・エルスのワイナリーに行ってビッグイージイという彼のワイナリーの特産品を堪能している。

テーブルマウンテンへの登山からビクトリアの滝見物、そしてブルートレインと堪能したが、何より心打たれたのはボツワナのチョベ国立公園で見た動物たちだった。

そこの川では不細工なカバが集団で泳ぎ、隣ではワニが口を開けて獲物を待ち、その先では鹿が水を飲んでいた。人間の傲慢《ごうまん》さを感じた瞬間だった。

これはイケる、大江戸蕎麦屋巡り

淡路島在住の知人に蕎麦好きの奇人がいる。どこが奇人かというと、いつでもうまい蕎麦が食いたいからと、商事会社に勤めていた娘婿に会社を辞めさせて蕎麦修業をさせた。だが店を出すまでには時間がかかると知ると、今度は妻を浅草の「蕎上人《そばしょうにん》」に1か月修業に出した。そして自宅に手打ち用の蕎麦台をしつらえた。だが妻がイタリア料理に転向して本場に料理留学するようになると、62歳の彼は自ら蕎麦打ち修業に通うようになった。

その彼は修業中に東京の蕎麦屋を食べ歩いた。彼と私の共通点は燗酒で一杯やってから蕎麦を食することとである。これは彼の蕎麦屋評価であるが、それには酒の肴《さかな》が上等であることも含まれている。

まず砂場《すなば》系での三つ星は、虎ノ門三丁目にある「巴町《ともえちょう》砂場」。創業300年という老舗にふさわしい落ち着きのある風情の店。熱燗を注文するとマグロの赤身が出てきた。それに卵焼きを食べ、一番粉に甘皮をいれた風味のある蕎麦をとろろで食べた。出汁《だし》と一体になったつゆはたまらない味だった。

次に日本橋三越前の「室町《むろまち》砂場」。高級料亭と錯覚するような佇まいと中庭の美しさに目を奪われた。蕎麦は機械打ちだが、更科粉を卵でつないであり腰があってうまい。あさり、焼き鳥の肴が酒によくあった。ちなみに南千住にある砂場総本店は彼によれば無星である。

更科《さらしな》系では「布恒《ぬのつね》更科」がダントツの三つ星。主人の伊島節《たかし》氏が精魂込めて蕎麦を打つ姿がよい。香り、コシ、心地よい喉越しと江戸蕎麦の長所を三拍子そろえている。溜まり醤油を使った辛い出汁がいい。名物は煮穴子で、うまみが舌の上で溶けていく。知人は感動のあまり「参りました穴子さん」と頭を下げた。

麻布十番にある「総本家更科堀井」は人気店である。ここでは酒に焼き海苔《のり》が欠かせない。鴨焼きもうまい。私もよく行くが、ここでは蕎麦がきを注文する。ただ、白い更科蕎麦には好き好きがある。

近くにある「永坂《ながさか》更科」は広く清潔である。焼き鳥のタレが甘いのが欠点だが、付き出しのゴボウの歯ごたえは上等。

藪《やぶ》蕎麦系では「上野藪そば」が本格手打ちであり、ここは三つ星。酒を注文すると、まず、焼き蕎麦味噌が出てくる。酒飲みにはこれがたまらない。穴子焼きも絶品で、ここではおかめ蕎麦でしめたが、かまぼこの歯ごたえは小田原産ならではのもの。主人の鵜飼《うかい》良平《りょうへい》氏は蕎麦業界のリーダーであり、蕎麦打ちの技術の普及に取り組んでいる。

「かんだやぶそば」と雷門近くにある「並木藪蕎麦」は、ともに観光客に人気だが、蕎麦は機械打ち。ただ、ともに中台に座った女将が手際よくスタッフに指令を出している。

他では、まず浅草の「蕎上人」が三つ星。活海老を使ったてんぷら蕎麦は絶品。それに両国国技館裏の「江戸蕎麦ほそ川」。値段は高いが料理、器すべてにセンスがいい。雷門の「手打ち蕎麦おざわ」、田園都市線鷺沼《さぎぬま》駅の「よしみや」の手打ち蕎麦も本物である。私はいつも「ヌキ」のある蕎麦屋を探している。

利尻島のウニで腹も心も大満腹

関西に住む友人から利尻島に行ってみないかと誘われた。なんでもスカイマークが神戸空港から千歳空港までの新航路を開始したので記念に乗ってみたいのだという。そのついでに足を延ばして利尻島まで行き、名物のウニ料理を堪能しようという。ついでにしては随分離れていると思ったが、閑《ひま》を持て余していたので、私は羽田からＡＮＡで千歳まで飛んだ。

落ち合ったのは円山《まるやま》公園近くの「すし善」である。ここは「いい街すし紀行」に選ばれている。落ち着いた佇まいで、石畳には水が打ってある。

まず酒を頼んで馬糞ウニから食べる。それから水蛸。これは感心しなかったが、時しらず鮭のうまさには友人ともども恐れ入って低頭した。大トロを含んだ味だった。それにこの店のお新香は本物である。最後に毛ガニを食った友人は、チュルチュルと音を立てて吸い付き、とろけた目をしていた。

翌朝は、特急宗谷《そうや》で稚内《わっかない》まで5時間掛けて行った。車内は老人のバックパッカーばかりで、年金生活の優雅さを見せつけられた思いだった。利尻富士登山を楽しむつもりなのだろう。

フェリーで利尻島に渡ると、「中原旅館」の3代目主人が迎えに来てくれていた。ここでの夕食はウニづくしである。馬糞ウニ（このネーミングはなんとかならないものか）、蒸したウニ、殻付きの紫ウニ。「ここのウニは利尻昆布を食って育ったのでうまいんだ」と友人は目をうるませていう。

彼は昆布についても一家言《いっかげん》を持っていて、昆布出汁の作り方のうんちくを聞かされた。まず昆布を水に濡らし2分ほど置く。それから、とろとろと出る水道水で昆布についた砂やゴミをとる。そのとき騙すようにいたわるのがコツだそうだ。そしてその昆布を熱湯でさっと通す。それで昆布は捨ててしまう。ぐつぐつ煮ては昆布の甘みが出て、いい出汁はできないそうである。感心していたら、その話は北大路魯山人《きたおおじろさんじん》の受け売りだと分かった。

翌日は市の運営する保養所「利尻ホテル」の露天風呂に浸かり、海でウニ漁をする船を見ていた。

風情のあるいい景色であった。

帰りには利尻昆布を天干しする光景もよく見かけた。そこで思い出したのは利尻島出身の知人が小学生の頃、昆布干しをさせられた話である。干すにはそれに適した天候があるようで、そのタイミングが来るとサイレンが鳴らされる。そこで生徒は教師の先導で浜に出て昆布干しをするのである。

昔、ニシン漁が盛んだった頃は1万人もの島民がいたが、ニシンが来なくなってからは島民は半分になったといっていた。やはり昆布だけでは生活できないのである。

私たちは礼文島《れぶんとう》をちょっと覗いてから、稚内に戻ってホテルに入ると、すぐ前に「なら鮨」があった。大衆的ないい寿司屋で牡丹海老、馬糞ウニ、ホタテなどに舌鼓を打った。ひとり5千円で北海道の魚介類が堪能できる。もうウニづくしで腸がどうにかなりそうであったが、島の人たちは誰も親切でやさしく、自由と平等の島のよさを思い知らされた。日本にはあたたかい心がまだ息づいている。

ひとりで歩けば運にあたる

その年、パリに行こうと決めたのは4月中旬のことである。6月末に出版される新刊の印税を担保に、家人から金を強奪して5月20日に2週間の予定で出発した。

パリに関する知識は皆無で、ただそこに行けばロンシャン競馬場がありモネやピカソの絵画があり、オルセー美術館にはゴッホやゴーギャンが待っていると知っていただけで、もしかしたらヘミングウェイやランボーの残り香があるかもしれないと思っていた。この両者を一緒くたにしてしまうことからして乱暴な話である。

ホテルを予約したのも予算に合わせてのことだから、そこが11区のメニルモンタンというアラブ移民が多く住む地域であることも知らなかった。パリの地図を広げてみると、かろうじて右端の上側に地名が載っていた。

しかしながらここはなかなか面白い地域で、ホテルを出て坂を上るとそこはアラブや北アフリカから移住してきた人々が集《つど》う町であり、坂を下ると芸術家や若いサラリーマンのフランス人が住む地域になる。私はその両方のカフェを行ったり来たりして朝夕を過ごした。ここでは初めてコインランドリーを使った。日本でもやったことがないので入ったもののどうしていいか分からない。

アフリカ系の2メートルはあろうかという若い男が、みかねて私の代わりに洗剤をいれたり色々とやってくれた。ついでに見張り役も任せて、その間近くのカフェでワインを飲んでいた。盗人の多いところだとフランス人はいっていたが、私は彼らから歓迎されて1週間後には「カオ」になっていた。安いワインをレモネードで割ればそれなりの味が出る、と彼らに教えてやったのは私である。

坂の下の若者が集まるカフェバーでは私は「Un maître（巨匠）」と呼ばれていた。著作が65冊あると作家志望の青年にいったら、横にいたイラストレーターの女性がそう叫んだので、それからそう呼ばれるようになった。ただ仏訳されたものが1冊もないと知れてから、彼らから尊敬の眼差しは消えたようである。

ひとり旅でこその味わいは美術館をうろついたり路地を徘徊してみると分かる。女性など同伴したら買い物に付き合わされるか朝からモンブランを食わされたりする羽目になる。モネの『睡蓮』や藤田嗣治《つぐはる》の絵画の前では男心が濡れるにまかせることができた。

運もよかった。たまたま切符を取っていたローラン・ギャロスの全仏オープンテニスでは、ジョコビッチとナダルの1試合目を同日の内に観戦することができた。ナダルの試合は感動ものであった。

ロンシャン競馬場に行くと、5分もしない内にアラブ系の老人から日本人かと話しかけられた。そこで私が日本語が喋れるかと彼に聞き返したら即座に「話せます」と返答されて腰砕けになった。

しかしその老人のおかげで貴賓室に招待され、おいしい料理やシャンペンを無料でとることができた。この運のよさは「さすらいの人間性」の所以《ゆえん》だろうとフェイスブックに記したら、詐欺師である、と返信してきた女性がいた。むむ。

ゴルフはバカではできない

ゴルファーの罪悪の最たるものは、ゴルフを口実にすることである。サラリーマンであれば、ゴルフが好きな癖にいやそうな様子で接待だからといって出ていく。嬉しいといえないなら、ゴルフなどやめてしまえばいいのである。理解できない妻なら別れればいい。日曜日に愛人と会うためにゴルフを口実にする者は、優柔不断と決まっている。

ゴルフで一番大事なのはマナーだが、これを理解できない者と無理に一緒にプレーする必要もない。あの人はグリーン上でくわえ煙草をする、やたら唾を吐く、自分のミスをキャディのせいにする。顔が悪い、だから一緒にいるのはいやだとはっきりいえばいい。それがゴルファーには許される。尤も、そういう人が他のプレーヤーから蔑《さげす》まれていることに気がつかない。

若い頃、激しいスポーツに打ち込んでいた人ほど、ゴルフを蔑視する傾向にある。野球をやっていた人は足腰が強く、バットを振ることが得意であるから、ことにその傾向が強い。それで上司から誘われたり命令されるまで、ゴルフ場に出入りすることはない。あんなものスポーツではない、金持ちジジイの道楽だ、と昔の東宝映画で使われたセリフを吐いている。そういってゴルファーを見下す者には、その通りでございといってやればいい。実はゴルフは、思考力も運動神経も要求される奥の深いゲームなのである。

バカではできない。だから脳ミソが少ない者はいつまでたっても上達しない。それに、たとえ1日でも一緒にプレーをすれば、相手の頭脳程度から性格、隠された性癖、躁鬱のありやなしか、思いやりなど、すべて分かってしまうのである。見透かされることが不安な人は、ゴルフ場には近づかないで貯金に励んだ方がいい。

私がゴルフを始めたのは35歳のときである。胃の4分の3を摘出する手術を受けたあと、自宅で養生がてら散歩していてゴルフの練習場を見つけ、汗だらけになって止まっているボールを打つ老人を見て、アホやな、と思い、数週間後には田舎のゴルフコースのメンバーになっていたのである。

コース付属の研修生用の寮に泊まって合宿したものだ。爾来《じらい》30年間ゴルフと付き合っている。ゴルフと出会って幸せだったとつくづく思い、こういうゲームを思いついた羊飼いやスコットランドの酔っぱらいに感謝する１人である。

現役時代は月イチゴルファーだった友人の多くは、定年退職したらゴルフ三昧でシングル入りだ、と10年前まで意気軒昂だったが、定年後は年金だけを頼りにうなだれて生きている。山歩きやサイクリングをしたりと元気な人もいるが、ただ生きるために散歩に精を出すのはつまらない。ゴルフには上達する楽しみや、思いがけない経験をしている人と出会ったり、外国であれば夕食に招いてくれる夫妻とラウンドすることもある。

スイングに対する悩みは、まずレッスンをすべてやめて、クラブヘッドの重さだけを感じることで解決する。今年、２か月ガンで入院したが、退院まで頑張れたのは、いつもゴルフ場に漂う精霊を見つめていたからだと思う。

第3章

大切な人への思い

我が妻の胸の内

ロスから帰国中の娘と孫と共に、妻の運転する車で東京浅川沿いの河原にいった。河堤なので道は狭い。駐車場もない。少しだけ広いところに出たので、どうにか車を停めて河原に降りた。娘は恐る恐る、河を歩く2歳半の女の子の手をつないで、20メートルほど歩いた。

その先に小さな滝が見えていて、妻は橋の上からしきりに写真を撮っていた。孫は堤まで上がってくると、公園を見つけて走り出した。娘が後を追い、人工股関節をつけている妻も歩いてついていった。150メートルほど走ると、孫は向きを変えて、今度は2人の中学生がサッカーをやっている方に向かって走りだした。妻もよろよろという感じで、小走りに孫娘の後をついていく。私はずっと同じ橋の袂《たもと》にボーッと佇んで、それらの光景を眺めていた。妻は終始笑顔だった。そのとき、思い出したことがある。

今年の初め、私は「楽天家」をタイトルにした本を出版した。読者から温かい感想がいくつか送られてきた。思い出したのはその内のひとつの葉書である。

こう書かれていた。

「ご本を再々読し、どうすれば私も楽天家になれるのか試行錯誤しました。フト、『不良』になったらよいのではないか、と思いつきました。それは夜遅く外で飲み歩くというものではなく、心の不良です。私が頑張ったり、評価されたりしたことに、いちいち難癖をつける夫にも、心で見切りをつけ、尊敬し敬愛する方を一生思い続けることにしました（その人とは言葉を交わすことすらありませんが）。心に余裕のある人を楽天家と言うのでしょうか。まだまだ修業中ですが、真の楽天家を目指し、これからも精進してまいります」

一読者とあるだけで、署名は記されていなかった。

そのときも、何度か読み返したのだが、娘と孫の世話をする妻を眺めながら、その文章が強烈に胸に響いてきた。

自分は果たして妻の胸の内を考えたことがあっただろうか、ということだ。

答えは簡単だ。「無」である。21歳のとき、6歳年上のまだ若い新人作家と結婚したとき、まさか夫が新婚旅行もせず、予算がないといって、ひとりでヨーロッパに行ってしまうとは思ってもみなかったことだろう。

その間、どんな思いで6畳ひと間で過ごしていたのだろう。会社では同僚に、旅行はどこに行ったの、と聞かれたら何と答えたのだろう。

9日後に羽田に戻った夫が電話をかけてきて、50円玉1個しかない。至急カネを持ってきてくれ、といわれたとき、最初に何を思ったのだろう。金額をカジノですってしまったとは思わなかったのだろうか。

葉書をくれた方は聡明な方で、勤め先も大手の会社なのかもしれない。尊敬する人とはずっと上の幹部なのかもしれない。いずれにしろ夫は、妻が心の不良になろうと決意しているとは、想像だにしていないだろう。

これは傲慢な夫のまま昇天してしまう人への警告である。うむ。

我が父の宝物

夫に対して愛を感じられなくなった妻が、どうして夫と一緒に生活していられるのか、何故離婚をしないのか。

その主な理由はお金にある。子供のためだ、世間体が悪いなどと、いくら他に理由を見つけようと、その本音は、「それでも夫は毎月給料を運んでくる」し、ハシタ金の慰謝料をもらったところで、「このトシではとても1人ではやっていけない」という思いに根ざしている。

私の母が45歳になって外に働きに出だしたとき、いよいよ母は父との離婚の準備にかかったのだな、と小学生だった私は推察し、心のなかでほくそ笑んだ。私の父は作家であったが、少しも家にカネを運んでこない男であった。それでいて気位が高く、息子に対しては横暴であった。

私は母と姉と私の3人で父を捨てて新しい家に移ることを夢想していた。母が家で内職じみた裁縫をしている間は、経済的に独立するのはとても無理だったが、給料をもらってくるようになると、その日は近いように思われたのである。

生命保険の外交員をしだした母は、夜になって帰ってくると急いで夕食を支度し、遅くまで書類に書きものをしていた。父との会話の中で、百万円、2百万円といった景気のいい話が混じるようになると、蒲団から首を突き出していた私は、いよいよだ、と胸を高ぶらせた。置き去りにされた父が、しょぼくれて茶漬けを啜っている姿を想像すると嬉しさはさらに増した。

「お袋と親父を離婚させよう。そのときオレはお袋について家を出る。姉貴はどうする」

ある日、私は4歳年上の姉に強迫的にそう訊いた。姉は小、中学校とも卒業式では総代に選ばれるほど優秀な子だったが、弟の突然な申し出にはさすがにたじろいだ。

「離婚だなんて、あんたそんなこと……」

父に可愛いがられていた姉を説得するには時間がかかったが、「我儘な親父のために女の一生をボロキレのように働きずめで終らせていいのか」という弟の言葉に、姉はしまいには頷きながら涙を拭った。あとは、母に決断を迫るだけだった。

「お父さんを置いて家を出る？　あんた、なにいってんのや」

離婚しろ、といった息子をあきれた顔で見た母は、ふくよかな顔の眉間に、珍しく細かい皺を寄せた。奈良で生まれ育った母は、いつでも明るく、笑顔を絶やさない人で、美人でも有名だった。

「ぼくは自分の分は自分で稼ぐ。お母さんも自分の給料は好きにつかうべきだよ」

「そんなことというてはいけまへん。お父さんかて一生懸命頑張ってはるんさかい」

母は気色《けしき》ばんだ顔を向けて、強い語調でそういったNHKの専属子役として、10歳のときから学卒の初任給並みのギャラを得ていた私は、こうなれば家出をしてでも、父とは一緒に住みたくないと言い張った。母はとうとう黙ってしまった。

数日たって、借家の庭でぼんやり立っている父の姿があつた。父は私を見ると頼りなげな足取りで寄ってきて、「おまえが家を出ることはない。どうしてもというのならおれが出る」といって、暗い家の中に入っていった。私は身体がしぼんでいくような思いでその場に立ち尽した。子供心に、両親を離婚させるのはもう無理だ、と思っていた。

父は平成元年の2月に、78歳で世を去った。葬式のとき「私には2つの宝がある。それは娘と息子です」と姉の結婚式でいっていた父の言葉が、幾度となく耳の奥で反響した。

それから丸7年たった平成8年8月のことだ。2か月ぶりに英国から戻ってくると、妻が他人行儀な顔をして、あのねえ、といって1通の証書をテーブルに置いた。こういうときドキッとしない夫は余程鈍感な男である。

「お義母さんがこれを渡してくれって」

母は私たちと一緒に住んでいる。一体何のことだと思った私は、私名義の3百万円の証書を見てさらに首を傾げた。

「保険会社からの退職金が1千万円あったんですって。だからそれをあなたにって……」

それは母にとって3度目の退職金であった。1度目は私が留学するとき、2度目は60歳で定年になったとき、そして、さらに25年たって、85歳で引退を決めたのだ。外交員各人にパソコンが与えられて、明治生まれの母にはついていけなくなったという。母は自分の小遣いに2百万円だけ残し、あとは娘、孫、嫁に与えてしまった。

翌年の1月中旬、私は母のよき友人にと、ブルドッグを1匹買った。昨年、生保時代の仲間に囲まれて米寿のパーティーを受けた母は、89歳になった今、30キロにも成長したブル太郎と毎日格闘している。

「着物を噛んじゃあかんやないの」

そう叫ぶ母の声を聞きながら、いまだ不肖な息子は、母は自分の宝物だと、心からありがたく思っている。

50年後の希望の星となれ

正月を自宅で過ごし、勤めていた会社の仕事を後輩に引き継いだ娘が、夫の待つロス・アンジェルスに飛び立ったのは1月11日のことだった。娘は身重で3月半ばに女の子を出産する予定だ。

「中国人がアメリカで出産することがはやっていて入国が厳しくなっているの。大丈夫かな」と少し不安がっていた娘だが、10時間後には「何も問題はなかった、今家でくつろいでいる」とメールが入った。また取り越し苦労だったな、と私たち夫婦は苦笑しつつ安堵した。

娘は36歳で初産《ういざん》なので、さすがに不安だったとみえてアメリカ生活には不慣れな妻に、「3月の初めにロスに来てね」と気楽なことをいっていた。そう娘に命じられて以来、妻の部屋には英会話のＣＤが散乱しだした。

31歳のとき最初の結婚をしたのだが、それは1年余りしかもたなかった。恋愛には干渉しない私だったが、娘が部屋で本を読んでいると電気代がもったいないと怒ったり、自転車事故で頭蓋骨骨折になり重症で入院した娘に、早く退院して会社に戻ってくれないと金がなくなる、とふてくされる夫の吝嗇《りんしょく》ぶりにさすがにあきれて、そいつはダメだ、人格に欠陥がある、別れた方がいいと娘から相談を受けたとき私は答えた。

ひとり娘だが私は小学生だった娘に、ひとり旅をしろといって家から出したり、娘が中学を受験したいといい出したときは、塾に通うことも家庭教師に習うことも禁じた。人生は先《せん》達《だつ》に教わることが多いが、受験のための勉強などひとりでできる、所詮その答えは下衆《げす》な教師でも知っていることなのだといったが、娘は恨めしげな目で酒飲みの父をみつめていた。

そのあと私は2か月ほどゴルフクラブを担いでイギリスからスコットランドを旅した。戻ってくると私の部屋に娘のデスクが置かれていた。

希望した学校に入った娘は、高校生のとき剣道の都大会に出場して3位に入った。三段の段位を得たときは、パパと同じ、といって誇らしげに賞状を見せた。私が肝硬変で入院し、食道ガンの手術を受けたとき、パパは個室でないと気が変になるからといって、娘は入院費に150万円を持ってきたと妻から聞かされた。肝硬変を治すには肝臓移植しかないと医者から聞かされて、自分の肝臓を半分移植してくれといったという。さすがにそれは断った。

昨年の夏、新しい彼氏の待つロスに旅立つ日、成田空港で娘から妊娠していることを告げられた。秋に仕事のため日本にいったん戻ってきて娘はついでに結婚式をあげた。孫が出来ることなど想像していなかった私は、先月娘を見送ったあとで、友人から受けたメールを読んで感慨にふけった。

「今から丁度50年前、ミッチはサンフランシスコに降り立った。半世紀を経て君の希望の星がアメリカに誕生する。そんな幸せなことはない」

私は娘のバッグに吉野弘の『祝婚歌』の詩を入れておいた。

「生きていることの懐かしさにふと胸が熱くなる。そんな日があってもいい」と詩の最後の行に書いてあった。

酒のせいにはしたくないが

思い返せば、これまで身体にいいことは何ひとつやったことがない。酒は18歳のときから呑み続けで、しかも1回の酒量が多い。面倒なので空《から》にした徳利の本数やロックをおかわりした回数など数えていないが、気がつくと一緒に呑み始めた人は大抵帰ってしまっている。誠実に付き合ってくれた人はそこら辺に転がってしまって正体不明になっている。

最新刊の単行本の担当をしてくれた東京大学卒業の俊英編集者は、出版祝いの食事会と呑み会のあとの3次会で、素っ裸になって踊りだした。おぞましいものを見せられたほかの客からは非難囂々《ごうごう》で、私はその本の将来に不安を感じつつ家路についたのだが、それは当たってしまったようで、数か月たった今も再販の声がかからない。新刊の門出を台無しにしてしまったのは、編集者に責任があるのではなく、彼の意識下にあった酒乱発生まで付き合わせてしまった私が悪いのである。

とにかくいったん呑み始めると際限なく呑んでしまう癖がある。昔のことだが用事で青梅にいったとき、古い酒蔵があったので立ち寄り、一斗樽から美しい器に酒を注いでもらって呑んだ。ひと息二合でふた息やり、興にのって近くの旅館に泊まり込んでずっと呑んだ。昼頃になって起き、なんとなく秘書に連絡をとると、どこにいるんですか、1時から上野で講演会があるのに間に合いますか、といわれた。間に合うわけがなく、1時間以上遅れて顰《ひん》蹙《しゅく》をかった。そのときは一応出席できたからまだよかったが、起きたら、羽田から大阪に出発する時間になっていたときは、さすがに背中から真っ白い汗が出た。宮本輝に電話して代役を頼んだが、そのとき彼の家の前には朝日新聞社から配車されたハイヤーが待っていて、代役で講演会などにいける状況ではなかった。そこを無理に頼み込んで、都合よく待機していたハイヤーで梅田のホテルまで行ってもらった。終わってから彼にさんざん叱られ、寝坊の理由を問いつめられたが、酒のせいだとはどうしてもいえなかった。

宮尾登美子さんと一緒に山形で講演会をする予定の日も、起きたら1時間以上前に列車は出ていた。さすがに恥じ、最早これまでと観念して、酒絶ちを宣言した、のではなく、一切の講演をやめることにした。私ごときのために、ほかの人に迷惑をかけることはできないと悟ったのである。それにそんな酒呑みが壇上から偉そうに、人生いかに生くべきかなどと喋ってもだれも信用するものではない。もっとも「酒を呑みながら逝《ゆ》きたい」という喋りならできそうだが、そんな話を聞いても感動する人はいまい。

今年の初めに私は56歳になった。誕生日の朝は原稿用紙に向かって新作を書きだし、作家らしい雰囲気を自ら演出していたのだが、それも2枚目で挫折した。それで寿司屋で酒でも呑もうと思い、その前にキャッシュディスペンサーに寄って現金を引き出そうとしたら、残高不足だと機械にいわれた。残高を調べると８１８の三桁の数字しか出てこない。

憮然として家路につき、年末の有馬記念ですべての札を失っていたことを思い出して呻吟《しんぎん》した。そのとき生まれた句があった。

「預金残高　８１８で　年を越し　酒呑貧翁」それを色紙に書いてまた呻吟していた。

夜になって家族がふぐ料理屋で誕生日を祝ってくれた。家族とは92歳の母と、それに較べたら大分若い50歳の妻と昨年の12月に就職したばかりの24歳の娘である。その３人を前に私は今年のマニフェストを伝えた。それは「新しい私」を創るというものであった。その目標はなんだと問われても今は答えられない。とにかく「新しい私」を唱えていれば何か出てくると瞬間的に思ったのである。酒呑み親父がなにをほざくか、とはいわずに、感嘆して誉め称《たた》えてくれた家族の姿こそは、近来稀にみる美談といえよう。

自分史について

ニューヨークに住む女性から、父が自分史を書いて本にしたというメールを受けた。彼女とは20年近い付き合いがあり、私が初めて演出した芝居に出演してもらったのが最初の出会いだった。その頃は彼女がどういういきさつから女優を志すようになったのか知らなかった。芝居から3年ほどたった頃、札幌にある彼女の実家の一室を借りて原稿を書く作業をしているとき、母親から、少女時代の娘はおとなしくて内向的で、とても人前で演技をするようになるとは思えなかったという話を聞いた。東京に出てある映画会社のニューフェースとして女優デビューすることになったと聞いたときの驚きは大変なものだったという。両親とも教育者で、父親は高校の校長を最後に退職した。

その彼女がいつ頃ニューヨークにいったのか私は知らなかった。アメリカで演劇の勉強をしようという思いを抱いていたことさえ知らなかった。ある時期から彼女の消息が途絶えたことがあって、漠然と、結婚したのかなと思っていた。後になってその時期彼女は大病を患《わずら》っていて札幌の病院に入院していたと知った。生死をさまようほどの難病だったという。身体が回復すると彼女は両親の心配をよそに、単身ニューヨークに旅立っていった。

外国で女性がひとりで生活するのは大変なことだ。財力があればそれでも救われるが、彼女のようにアルバイトで生計をたてながら女優を続けるのはほとんど不可能だ。あるとき彼女は仕事で知り合った装飾品のデザイナーから、強烈なプロポーズを受けて結婚することになった。ふたりが両親の住む札幌に戻ったとき、空港に迎えに来ていた父親が、硝子《ガラス》をたたきながら、彼女の名前を叫んでいたという話を後日、私は夫となった人から聞いた。おとなしく、ほとんど自分の存在を主張するように見えなかった父親のどこに、それほどの激情が潜んでいたのかと少し驚いた。

２年前、彼女が日本に帰ってきたとき、たまたま札幌にいた私は20年ぶりで彼女の両親とお会いすることができた。介護施設の完備した引退者用のマンションに住む両親は、久しぶりに会う娘の元気な姿を見て喜んでいた。そのとき父親は自分史を書いていることなど少しも口にしなかった。可愛がっていた次女がアメリカに住んでいるさみしさも暗示しなかった。

父親の出した自分史には、生い立ちや仕事のこと、妻のこと、そして３人の娘たちをどう育てたかということが書かれていたという。

それを読んで初めて父の愛情を知った。自分はなんてわがままな娘だったんだろう、なんという親不孝者だったんだろうと今になって思い知った。そう彼女はメールで書いてきた。

それは是非読ませてもらいたいな、と私はメールを出した。するとすぐに返信がきて、あの本は出版する目的で出したのではなく、家族にだけ読んでほしくて書いたので、たとえ高橋さんでも、差し上げるわけにはいかないと父にいわれたという。

それを読んで、ああ、父親は遺言書のつもりで自分史を書いたのだなと私は思った。自費出版をして自分の経歴をつづり、世間に生きてきた証、実績をアピールする人が結構いて、出版社もそれでかなり儲けているのだが、彼女の父親には自分を売り出すという意図などさらさらなく、むしろ白分史をつづることによって、子供たち、孫たちに、親と子の情愛の深さ、その純粋さをこっそり伝えようとしたのだろうと私は理解した。

親が死んでも親の愛情に気づかず、遺産の金高ばかりに目を向ける子供たちをたくさん見てきた。そんな子供たちに、命をかけて子供を愛してきた親の思いを、自分史として書いて残すのも、親の務めではないかと私は今考えている。

懐かしさを思い起こすとき

昔の思い出話などするなという人は多い。戦争話に嫌悪感を示す人もいる。人の感情は我儘で、自己中心的だ。愛、という言葉は自分と家族にだけ向けられている。それが実情で、マスコミの嘘八百の人道主義の掛け声は汚染されたヒューマニズムの本性をさらけ出したものだ。

しかし、昔話しかできない者はただ黙って国が崩壊していくのを見ていればいいのだろうか。昔は女にモテた、昔は軽薄だけどお金持ちの男どもにチヤホヤされた。ゴルフではプロ顔負けの飛距離を誇った。若い頃は青雲の志に満ちていた。

そんな自慢話が何になる。何にもならない。しかし、いいではないか。昔を懐かしむことこそが歳を経た者のみが持つ特権なのだから。そこにしか生きている価値を見い出せないのだったら、それでいいではないか。

そんなことを車中で思いながら茨城県常総市の教育委員会まで出向いた。秋葉原からつくばエクスプレスに乗り、守谷駅で降り、車で20分。冬枯れの真っ平らな田園風景を走ると、出城を模した建物が見えてきた。2015年の締めくくりの仕事は常総市が毎年やっている「長塚節文学賞」の選考会だった。毎年、地方の小さな文化振興策として全国から俳句、短歌、そして短編小説を募っている。18回目は長塚節没後百年を偲《しの》んで、方々に作品募集の知らせを出した。

だが、鬼怒《きぬ》川の氾濫という大災害を受けて家屋は倒壊、水浸しになり、10万人の市民が避難した。枯れた畑から煙が立ちのぼる一見のどかな田園風景だったが、そこがつい数か月前までは水没していたとは信じられない光景だった。自然の猛威は強烈だが回復力もまたゆっくりだが力強い。それでも今年の正月を避難地で過ごす人はまだ数千人いる。

審査会のあった「生涯学習課」は強固な2階建てコンクリート建ての出城であったから、そこも避難場所になった。だが数日間電気も通らず便所の水はとまり、数百人の避難民は難民の苦しさを味わったという。

その日、250編の応募の中から大賞に選ばれたのは、奇しくも宮城県東松島市へ震災の報を受けた者が、香港から訪れる話である。

彼の手には亡くなった中学生時代の友人たちのリストがあり、被災地で偶然に死んだ親友の妹に出会い、案内されるままに親友とかつての初恋の人が、子供たちの命を救おうとして波にさらわれたことを知る。どこにでもある話だが、その親友の妹が実は亡霊であったことから話は意外な方に向かう。初恋の女が主人公とその妻に怨念を抱いたまま死んだことを知ることになる。小説は抜群の描写力であり、地方の小さな文学賞の点睛《てんせい》となるべき作品だった。

常総市は災害で国から相当額の補助金を受けた。全国からも「ふるさと納税」として多額の寄付が寄せられた。愛、を感じたのは、常総市が謝礼品を用意できないと知りつつ納税をしてくれた無名の日本人の心を見たからである。

市民はいつか謝礼品目当てではない、そんな人たちがいたことを、懐かしく思い出すことだろう。

書斎派の植物園

「人の心の中に植物園ができる」

そうプラントハンターの西畠清順《にしはたせいじゅん》さんは、自著『そらみみ植物園』（東京書籍刊）の中で自信をもって書いている。

まだ34歳の若さで、そこまで達観できた極意はなんだろうと思いながら、何度となく本書を読み直してみて、そうか、それは人と人が何気なくふと微笑み合うように植物を見たときに、自分が何かに救いを求めていたのだと気づいた喜びではないかと思い当たった。

西畠家は150年続く花の卸問屋だそうだ。清順さんは5代目にあたる。家業に興味のなかった彼が衝撃を受けたのは21歳のときである。

ボルネオ島のキナバル山という、赤道直下の4千メートル級の山の頂上は、寒風が吹き荒れていた。そこで世界最大の食虫植物ネペンテス・ラジャに出会う。

「すげぇ！」。歯が抜けるくらいの衝撃だったという。イラストに描かれた人の顔ほどの大きさの食虫植物は、まるで真っ赤なエイリアンの頭のようであり、牙を剝いたカブトムシのようでもある。彼の人生観が変わった。植物に対する敬愛の念が生まれたのである。

以降、植物と出会うために数十か国を旅した。この本は、いわば彼の心に侵入した花に対し、やりやがったな、という彼の感嘆と感謝の思いを言葉で表したものである。

その愛に満ちた復讐心たるや見事である。たとえば「尻の割れ目がぱっくり割れて、その中からまた別の角度の割れ目をもった新しい尻を出す。揚げ句には、季節になると尻の穴からとんでもないメデタイ花を咲かす」と彼が紹介するリトープスは、生きた宝石と珍重される南アフリカの花である。

彼はとどめにこう記す。

「リトープスと尻は確実に似ている。しかし、だからといって、宝石と尻は似ているわけではない」

書斎に閉じこもっている作家には、決して書けない表現である。

ここには70種類ほどの植物が紹介されているが、どれもユニークなものばかりである。写真ではなくイラストで描かれているので、余計に親近感が湧く。

10トンの水を蓄えているという世界一大きなサボテンや、世界一背が高いハイペリオンという115メートルもある木の下に、世界一背の高い272センチメートルのロバートさんが佇むと、まるでアリンコのように見える。

イエメンにある砂漠のバラと呼ばれる植物は、カバの背中に小さな花が咲いているだけの醜いものだが、「美しいものをちゃんと美しいと思えることは、自分の心が豊かで幸せな証拠だと思わないか」といわれ、私はタイからせめてガウクルアの偽物でも輸入して一儲けしたいと企《たくら》んだ己れを恥じた。この植物を食べた女は皆、おっぱいが大きくなるというのである。その偽《にせ》おっぱいプランツでも日本では人気になっている。

ある日私は、清順さんがコーディネートした植物園がある代々木ヴィレッジに行った。想像していたより、ずっとこじんまりした園だったが、そこには2億年前から同じ姿で生きているというジュラシックツリーや、ウチワサボテンや毒草や数十年に一度咲くというリュウゼツランが、肩を寄せ合って植えられていた。

72歳で、映画監督デビューをした達人

72歳の宮崎駿《はやお》監督は『風立ちぬ』を最後に映画監督引退を表明した。同じ歳のやまさき十三《じゅうぞう》氏はこの度、『あさひるばん』というタイトルの映画で監督デビューを果たした。映画製作にかかった費用は1億4千万円。スポンサーの中心バッターは小学館である。

そう、やまさき氏は『釣りバカ日誌』の原作者であり、漫画は、2千1万部を超えてなおも発行中であるその版元が小学館であり、氏の担当者や仲間が中心となり、小学館を動かして大金を提供させ、松竹での配給も取り付けたのである。仲間とはいいものである。

その内輪だけの試写会に行った。最寄り駅を降りると怪しげな一団がとぐろを巻いていて、その内の1人が「おお」と声を出した。そこにいたのは黒鉄《くろがね》ヒロシ氏、北見けんいち氏、かざま鋭二《えいじ》氏らで、何をしていたのかというと、コンビニから缶ビールが到着するのを待っていたのである。試写会で飲むつもりなのである。

会場に行くとそこには、本宮ひろ志氏、藤子不二雄A氏、手塚プロダクション社長の松谷孝征《たかまさ》氏らがいて、その顔ぶれはそっくりそのまま小学館のゴルフコンペに通用する人たちであった。

だが、こんなふうに漫画、劇画界の巨匠たちが時間を割《さ》いて一堂に集まるというのは、授賞式以外では稀なことであり、それが1人の原作者のためとなると、たとえ初監督作品であろうと恐らく前代未聞の美談といえるのではないか。

それは紛れもなく、氏の人柄のせいである。その温厚で善良な性格が人を蝟集《いしゅう》させるのである。私は氏とは、もう30年来の付き合いがあるが、彼のことを悪くいう人には会ったことがない。

私こそ悪いやつで、彼の家が浦安にあるのをいいことに、千葉県内でゴルフをするときなど、彼の家を宿代わりにしたほどである。

あるときなど、私の行動を怪しんだ女が私にくっついてきて、とうとう、やまさき氏の家に一緒に泊まり込んでしまったことがあった。そのときも氏は、いやあ情熱のある子で何より、と顔を赤くして笑っていて、美人の誉《ほま》れ高い奥さんも愛想よく迎えてくれて、あの人は結婚しているんじゃないの、と疑問を挟む息子と娘に対して、まあいいんじゃないのと軽くいなしてくれていた。

実は、氏は早稲田大の映研出身で、卒業後は映画監督をめざして東映に入社し、助監督をしつつ脚本も書いていた。人のいい氏は、労働争議に巻き込まれ責任をとって辞めることになったのだが、その頃の仲間とずっと付き合っていて、その人たちの地味な支えが今度の映画に結びついたともいえる。

『あさひるばん』は、氏の故郷の宮崎の都城を舞台にした、野球少年たちの30年後の交流を描く人情ドラマで、それ自体は創作だが、内容は氏のこれまでの人生と交錯する。てんやわんやのドラマの中に、泣きのシーンを挿入する氏の心憎い演出が秀逸だ。桐谷美玲《みれい》の妖精のような爽やかさも印象的だ。

松平健が突然登場してくるので、悪役は誰だ？　と思ってしまうご老人もいるだろうが、ま、それは11月29日の公開日まで待てといっておこう。

「お母さんは、仏壇の前に座って泣いている」

母は今年の9月、96歳と8か月の命をまっとうして、父の待つ彼方《かなた》に旅立っていった。母が呼吸を止めるのを、姉と妻と私が自宅でみとった。安らかな死顔だった。葬儀は家族葬にした。僧侶も呼ばなかった。それは母の希望だった。親族15人だけで棺《ひつぎ》に納まった母を見送った。その背後のスクリーンには、生前の母がカラオケで歌う姿が映し出されていた。この日のために家族でカラオケにでかけ、ビデオに収めていたものだった。

その葬儀の最中、何度となく私の脳裏をよぎった言葉があった。それは、父が30年前に電話で言った言葉だった。父はこういった。

「お母さんは、仏壇の前に座って泣いている」

母は奈良県桜井市の出身で、母の父は村会議長を務めていた。縁あって大阪の穀物問屋を営んでいた父の家に嫁いできた。豊かな家だったが、戦争で家屋敷が焼け、それを機に父は祖父継承の問屋を捨て、家族を伴って上京した。すでに40歳を過ぎていたにもかかわらず、父は作家として名を上げる決意でいたのだ。青年の頃の志を絶ちがたかったのだろう。

それから母の苦労が始まった。父は奮闘して日夜、原稿用紙に向かっていたが、純文学の世界には父の入り込む余地はなく、書いた原稿は紙くずになることがほとんどだった。仕方なく父は家族を養うために、大衆小説と呼ばれる分野で書きまくった。ひとつの雑紙に5つのペンネームを使って色物を書くという荒技も使った。それでも暮らしは楽にならなかった。

母は徹夜で着物を縫っていたが、そんな程度の手間賃では、間借りしていた部屋の家賃にもならなかった。小学生だった私は何度か、母が縫い上げたばかりの着物を、質屋に持っていく姿を見ていた。客から預かった反物《たんもの》を着物に縫って、質屋に持っていく。それが質流れする前に新たに着物を縫い上げるのだ。

やがてインテリを自認する主婦たちの「悪書追放キャンペーン」が起き、その種の雑紙は全て廃刊に追い込まれた。仕事する場所を失った父にさらに地獄が待っていた。

連帯保証人になった友人の会社が倒産し、債権者に押し寄せられた父は心臓を患って入院し、母は人相のよくない男たちに毎日脅され、口汚くののしられていた。私たち家族はリヤカーに家財道具を積んで、数か月ごとに貸間を求めて引っ越しを繰り返すようになった。

母が生命保険会社に勤めだしたのは、私が小学3年生の頃だった。母は41歳だった。それから85歳になるまで、母はずっと保険屋のおばさんとして生きた。

私が勤めていたスポーツ新聞社をやめて、作家として生きることにしたのは、新人賞をとった翌年の27歳のときだった。私に対していつでもやさしい母だったが、そのときだけは反対した。結婚したばかりの妻が、苦労するのを見るのは耐えられないというのだ。そのとき、無名作家の妻として生きてきた母の悲しい胸の内を垣間見たと思った。

しかし、私は自分の信念を貫いて、文芸雑誌に作品を発表し続けた29歳のとき、最初の芥川賞候補にあがった。落選の電話を聞いて、すぐに府中の2Kの貸し家に住んでいた両親に連絡した。候補になっただけよかったじゃない、と母がいっていると父は伝えてくれた。

1年後、再び候補にあがった。その日私は沼袋のアパートにひとりでいた。妻は勤めに出ていた。夕方になって編集者がふらりとやってきて、私を焼鳥屋に誘い出した。

そこに思いがけなく受賞の知らせが届いた。編集者の祝福を受けたあと、私は外に出て公衆電話から両親のところに連絡をいれた。電話に出た父は吉報をすぐに母に伝えたようだ。

だが母は電話には出てこなかった。どうしている、と聞いた私に父はいった。

「お母さんは、仏壇の前に座って泣いている」

第4章

いまの自分と、いまいる場所

何でもやってやろう

20歳になったらアメリカにいく。そこで思いっきり暴れてやろう。

そんな思いを抱いて高校生になった私にとって、入学した高校は拍子抜けするほどのどかでほのぼのとした校風にそまっていた。私たちの時代はベトナム戦争を横目で見ながら通過していったのだが、そのことを話題にだす先生も生徒もいなかった。

こんな刺激のない高校生活を送っていていいものだろうか、と私はしばしば焦《あせ》りを感じた。杉並区の中学から都下の高校にきたせいかもしれなかったが、それだけではなく、中学には個性的な先生が多くいて、生徒はそれなりに先生と魂の格闘を強《し》いられていたからだと思う。

それは校長の性格のせいかもしれない。高校の校長はふやけたナマコのような人だった。

私は剣道部に入っていたがそれだけでは足りずに、道場にも通った。土、日は郵便局でバイトをして旅行資金を貯めた。さらに仲間を集めてガリ版刷りの同人雑誌を発行した。定価20

円で主に女の子たちに売りつけたが、不評で5号で廃刊になった。

高1の夏休みに私は東北、北海道をひとりで旅した。戻ってきたらもう授業は始まっていた。校風どおり先生は非難めいたことは一切いわなかった。

高2になると調布市を中心に活動していた「若人の会、夕鐘」の会長をやらされた。剣道部の練習のない日は空手道場に通った。秋からはアメリカンスクールの夜学にいった。その授業料は早朝ヤクルトの配達をして稼いだ。旅は続けていて、自転車で四国を1周もした。

図書委員だったので本もたくさん読む必要があり、夏休みは1日1冊読破した。なんかの弁論大会に出て優勝もした。

忙しく立ち回っていたのは、立ち止まって考えるのが苦手だったからだ。青春の懊悩といったポーズをとる自分を想像すると反吐《へど》が出た。スカウトされて歌手デビューしそうになったのもこの頃だ。とにかく、なんでもやってやろう、という信条で毎日走り回っていた。

高3になって校内読書コンクールというのがあり、図書券がもらえるというので応募した。最初に読んだ先生が、あまりに字が汚いといって私の原稿を読み捨てた。賞が決まった後で、漢文を教えていた女性の先生が落ちていた原稿を拾って読んでくれた。「なんでも見てやろう、から、してやろうに挑戦するもの」と題したその作文は、千原という年配の先生の思いやりで、賞の対象にはなっていなかったが、活字にしてもらうことができた。

そのとき初めて自分のしてきたこと、しようとしていることを考えだしたように思う。千原先生の笑顔は、私の中で今も生きている。

男らしくいおう。もう、だめだぁ

激動の1か月になるはずだったのだが、最初からつまずいた。

まず、パリ旅行で体力を消耗した。書斎、寝室のクーラーが壊れ、新製品の取り付け工事にひと月かかった。その間、喫茶店執筆、夕方には居酒屋放浪となり、そうなっては生ビールを飲むことになり、重度の肝硬変とあって仕事なんかてんではかどらない。さらにサッカー観戦に2週間を費やした。

26歳で作家デビューをしたが、もう白状してもよいだろう。もともと好きで好きで始めたもの書き業ではないのである。

ここ数年、女性の作家が増えたが、その人たちは同性への嫉妬心から書きだしたとしても、みな書くことが好きなのである。私は旅を続ける手段のひとつとして作家業をやり出したのだが、一番狙っていたのは映画監督だった。だが競争過多と分かってすぐにあきらめた。

そこで小説を書き出した。自分の思い通りにヒロインを動かせるのは楽しい。多少の荒海には遭遇したが、まあ、航海は順調であった。喜寿の年に70冊目の単行本を出せたのは運のよい証拠である。

最新刊の本は今ベストセラーになっている。過去につらい痛みを執筆中に感じたとすれば、それは現実に胃が痛かったからである。

結局芥川賞を受賞後、4年目に胃の4分の3を手術で取られることになった。

そのことを思い出したのは先日、最新刊の本の記念講演会をしたときのことである。

その会に私はグレイのタキシードを着て行ったのだが、そういう講演者の姿を全く見馴れていない聴衆は作家の出で立ちに戸惑っていた。一旦回れ右をしたとフェイスブックに書いていた方もいた。そのタキシードは40年前の芥川賞受賞式に着たものである。顔は老けたが体型は全然変わっていなかった。

思い出したのは授賞式の後で五木寛之さん、生島治郎さん、他1名とマージャンをしたときのことである。その他1名が仕事の話を私に振ってきた。

私はむっとしていたのだが、横にいた五木さんがふと、「高橋さん、来た仕事を請けるかどうか迷うことがあったら、それは全部請けなさい」といわれた。私は15歳年上の五木さんのいいつけを守った。女子大生とベッドでトーク、なんてアホな仕事もやった。バカだと思ったのはギャラが未払いになったと知ったときである。

私は十二指腸潰瘍になり胃を切った。それから体はひどいことになった。手術は肉体を壊滅させる。

五木さんに、こうなってしまった、と恨めしげにいったら「仕事を選びなさい。時がきたらそうするものです」と五木さんはすました顔でいった。そしてご自分はさっさと断筆宣言をしてしまわれた。五木流男らしさとは、つまりそういうことなのかと考えた。

先日の講演会で、私は「男らしさとは、愛する者にやさしくすることだ」とこれまたすましてのたまった。生真面目なエコノミストの崔《さい》真淑《ますみ》さんはその言葉をメモにとったという。

本当はもうだめだぁといえる人生がいい、といいたかったのである。

あなたの器量は何億円？

企業面接の場で、面接官から突然、「てめえの器量をカネに換えるとしたら、いくらになるかいってみろ」と訊かれたら、即座にいくらと答える人がどれだけいるだろうか。

宝くじのＣＭを見ていて、10億円あったらなー、と妄想にふけってすぐさま使い道を考えてしまうことはあるだろうが、それとはチト異なる。

要は自分の価値であり、使い道ということでいえば、いくらなら自分は普通の状態で現金を使うことができるか、と考えることも、自分の器量を推《お》し量《はか》ることに通じるのである。

君の器量はいくら？

「５００円」と妻からいわれて即座に「離婚だ」と胸の内で叫んだ友人がいる。

彼は元一部上場会社の取締役で、引退後の生活も何不自由もない。なのに妻からはそう判決を下されたのである。恐妻家なのである。ゴルフの会員権も取り上げられた。そうなってしまったのは、浮気相手が社内にいたと妻にばれてしまったからである。

それにしても「500円はないだろう」と、いまだにゴルフ場復帰を認めてもらえない彼はぼやいている。そんな彼の日常は妻の運転手として忙しい。つまりは彼自身「500円」亭主であることを認めてしまったのである。

あるときW大の女子学生に、いくらもらえれば許す？　と訊いたら少し考えてから15万円と答えた。すると向かい側にいた子が「許すわけないでしょ」といってストローを投げつけた。

私自身の器量は2億円だなと思う。それは自身の価値観ではなく、その金額までだったら視界に入るという意味でいっている。個人の裁量で使える金である。議員が税金をネコババして個人の趣味に消費してしまう泥棒銭とは全然違う。

ただ、2億円を超えてしまうとあとは混濁したブラックホールに入ってしまう。ダービーを取れそうな競走馬を買い占めてしまおうと妄想したり、二十歳の若さを取り戻そうと研究所を建ててしまったりするのである。

もっとも実際に競走馬に100億円をつぎ込んで破産してしまったフサイチでお馴染みだった関口房朗《ふさろう》さんのような方もいる。他の人はどう思っていたかわからないが、私はこの方は好きだったなあ。

バブルの頃の話になるが、新宿にあった小料理屋の女将が地上げにあって土地を売った。狭い土地だったが億の値段がついて税金を払うことになった。女将は銀行から振り込むのはしゃくだから、直接、税務署にいってゲンナマで払ってやる。不安だから三千綱も一緒に行ってくれといわれてボディーガードとしてついていった。

そのとき4千500万円のゲンナマを銀行から下ろし、まず私が預かった。格別な思いはなかった。税務署では女将がそのゲンナマを両手に置いて税務官に差しだした。そのとき普段は気丈な女将の手がぶるぶると震えていた。

「だめね、わたしはアノ程度の女なのね」

税務署からの帰り道で女将はそう呟いた。そのときのことをこの頃、時折思い出す。

「復活」など無用でござる

その日、私は朝から意気消沈していた。半年かけて書いた３００枚の小説が、ある文芸誌に一挙掲載され、秋には単行本となって出版されることになっていた。

ところが前日「出版会議の結果、出版は見合わせることになった」と書かれたメールが突然編集部から入ったのである。

新聞での文芸時評も好評であり、出版部としては単行本化を主張したが、深刻な出版不況であり、売り上げは見込まれないという販売部の厚い壁はうち破れなかったと説明があった。つまりそのメール１本で私の進路は断たれたのである。

さながら、球団をたらい回しにされたロートルピッチャーが、最後の登板と心に決めて敵のファンで埋まった球場に立ち、腕も折れよとばかりに投げ、１点を守って完封勝利を目前にした９回裏２死に逆転ツーランを喫し、敵ファンの歓声が渦巻く中、ひとり俯《うつむ》いてマウンドを降りる心境であった。

出版不況であろうが出版社は本を出版するのが商売である。それを断りの理由にされるようになるということは、うちの社はもうあんたとは付き合わないと宣告されたも同然である。

以前にも、テレビのコメンテーターの仕事を受ければ講演の依頼も入るし、本の売り上げにも寄与すると別の編集者にいわれたことがあるが、私にテレビ局やスポンサーの意向に添うような井戸端会議的なその場しのぎのコメントがいえるわけがない。

「みんな原発に反対することが正義だと思っているようだが、それは朝日新聞をはじめとした反日メディアの煽動に惑わされているに過ぎない。原子力発電こそ環境にも生物にもやさしいエネルギーを造りだした人間の叡智の産物なんです」と正しいが国民受けしない発言をする者の存在は許されない。

消沈していた私の目にとびこんできたのは、巨人軍の元球団代表・清武英利氏が原作だという山一証券破綻のノンフィクションが、ＷＯＷＯＷで連続ドラマになるというスポーツ紙の記事である。

まるでゴキブリのようにしぶといやつだと思った。かつて何かのパーティーで球団代表の肩書を持った清武氏とすれ違ったことがあるが、ある人が私の名前を伝えて紹介してくれたとき、この球団代表は「あんたのことはよく知らないが、まあ頑張って書いてくれ」と、年上の私にいい捨てた。記事を読んで、いやな奴にはいやな奴がついて応援するものだと思った。

夜になって『ボンビーガール』なる番組を見ていると、かつて「ツカサウイークリーマンション」で、１千億円の含み資産を築いた川又三智彦《みちひこ》氏が７９０億円の負債を抱えて倒産したあと、無一文から立ち上がって、現在は福島県に４万坪の土地を持ち、そこに「昭和30年代村」を造って注目を浴びているとレポートされていた。土地の老人も村の運営の担い手になっているという。川又氏は「どん底と自分科学」という物理的に奇跡を引き起こす法を会《え》得《とく》したそうで、遊休地の活用もその方法で進めている。

その復活エネルギーには圧倒されたが、しかし、私は「復活などあきらめた」と唱えて意気消沈する道を歩んでいる。

都会のよさが息づく美しき村

農家だけでなく、経営者からも注目されているのが長野県川上村だ。千曲《ちくま》川源流のここはレタス村である。レタスだけを作っている。水が冷たすぎて稲が育たず、昔はカラマツを伐採していたが需要が途絶えた。そして朝鮮戦争後、米軍からレタス栽培を教わり、気候が向いていたこともあり、それが当たって出稼ぎで凌《しの》いでいた村は豊かになった。

村民は4千500人。607戸の1戸あたりの年間平均売り上げが2千500万円であり、経費を引いても6割強が収入になる。中には1億円を売り上げる農家もあるという。そういう家では都会から来たしっかりした嫁がいて、様々な工夫をして経費を節減し、農業知識を仕込んで栽培量を上げている。

私が川上村を知ったのは9年前のことだ。その頃新聞に連載していた小説をまとめて上梓《じょうし》したのだが、これがさっぱり売れず、千曲川沿いの戸倉上山田《とぐらかみやまだ》温泉のちっぽけな旅館で、薄汚い壁に書かれた一茶《いっさ》の俳句を眺めながら、毎日鬱屈した思いで湯につかっていた。

ある日、上山田町が町興《おこ》しの秘訣を聞くため、川上村の村長、藤原忠彦さんに講演を頼んだ。その村でレタス作りに従事する人の年収は800万円もあるという。おばあちゃんでも500万円は稼ぎますよと聞いて、私は転職も視野にいれて会場に駆けつけた。

最初に聞いたのが「バカで怠け者には農業経営はできない」という言葉だった。それは村長にとっても同じことで、村人の目は厳しい。そこでまず着手したのが村営テレビを開設することだった。

農家は毎朝、新聞で野菜の相場欄を読む。それを昭和63年から村営テレビで流した。農家は出荷したレタスが等級別、消費地別に数字とグラフで表されるのを知ってびっくりした。都会の文明におそれいったのである。いまでは8日分のグラフが表示されるので、計画的に出荷できる。

「みんなそれまで情報など無縁だと思っていたのが、農村ほど情報が大事だと分かってくれた」

農家にとって何より大事なのは気候である。それで気象衛星「ひまわり」から天気予報を直接受けられるソフトを開発した。明日は雨だと分かればそれなりの準備ができる。

交通も忘れてはならない。どの過疎地も赤字のため路線バスを廃止するが、そうすると不便なだけでなく、村民が意気消沈してしまう。それで、役所と交渉して子供を無料で乗せられるスクールバスを走らせた。先日電話で聞いたら、大人からは料金をとるので昨年の平成19年も黒字になったという。

「都会のいいところを取り入れないと、農村の再生はないんです。利便性です」

図書館は24時間開いている。後継者も増えている。お嫁さんの7割は都会からきた農業未経験の人だ。昨年は川上村から宇宙飛行士の女性が誕生し、ヒューストンで研修中だ。

ところで9年前のその夜、私は藤原村長を誘って温泉街のストリップ小屋にいった。踊り子の衣裳をまくってチップをあげる方法を伝授したのだが、感想は聞きそびれた。

荒野の素浪人は楽しいか

年の初めに1冊の本が郵便受けに入っていた。

外交官の回想を綴った本で、著者名を見ると隣家の主人になっている。その方はもう80歳を越える年齢で、かつて中南米の幾つかの国で外交官をしていたことは伝え聞いていた。

もう40年間も塀一つを隔てて住んでいるが、顔を合わせるのは大雪の降ったあとの雪かきのときくらいで、話をしたことは全くなかった。なんだ、外交官か、くらいに私が思っていたからである。

私は職業や人格差別の激しい人間である。人間関係を潤滑に築くのが不得手なのである。それは家計を助けるため、10歳でNHKの児童劇団に入団し、ラジオ番組に150本出演した頃から分かっていた。他人に媚びを売るのが苦手なのである（それ故、鹿島建設の渥美《あつみ》直紀氏からも、世界の半田晴久《はるひさ》氏からもゴルフの誘いがかからない）。

そんな訳で10代の頃から、組織の中では巧く生きられないと悟っており、最初からフリーの道を選んだ。カッコよくいえば、荒野の素浪人を目指したのである。

で、結果はどうかというと、順風満帆である。ありあまる資産の重みに潰されることもないし、食道ガンも胃ガンもあきれて退散していった。素浪人ならではの気楽さである。

しかし、こういう気質で生きるには相当の覚悟と信念が必要だ。荒野を旅する者として実際に経験が必要だと考え、小学6年生からひとり旅を開始した。汽車賃がなくなり、当時の国鉄が支援する、鉄道専門学校の生徒から、キセル乗車を協力してもらったりした。ここで少年素浪人は人情を学んだ。

反面、大組織で生きる為には人情は希薄でなければならない、と思っているのも事実だ。官僚に対してはとくにそうである。東大の法学部を首席で卒業したと聞いても、条文を記憶するのが得意なのだな、と思うだけで感心したことはなかった。そういう人より、「即席で鉄腕アトムになれる飛行マントを開発中だ」とか「覗きが高じて目玉オヤジのドローンを作成した」「花粉が服で滑るスプレー塗料を作ってみた」といった話をする創造家に感心するのである。

大雑把にいえば、自分の人生をいくつになってもさり気なく創っていこうとしている人が好みなのである。実は、そういう隠れ素浪人は大組織の中にも潜んでいる。ただ、その能力は退職するまでとっておこうと潜伏中なのである（但し、枯れる）。

隣家の元外交官は自費出版した著書の中で、ＧＨＱの仕打ちとして、日本を正確に語れる学者を追放して、大学に反日の韓国人を送り込み、その弊害は今も続いていると書いている。憲法改正の必要論もさり気なく展開していた。これは私と同意見であり、そういう元外交官、隠れ素浪人が隣にいたのかと私は思いにふけることとなった。

退職したら田舎に住む、という隠棲生活もあるが私にいわせれば退屈である。アドバンテストにいた友人は群馬県で米作りに励んでいる。それは素浪人生活ではなく、定年後の転職である。荒野は厳しさが面白いのである。

「悟り」の境地を言いあてた名言

年頭のテーマを「悟り」に置いたのには、霊界に近づいてきたと感じたからではなく、「悟り」を開けば新しい出会い、例えば愛、枯淡《こたん》の境地、ギャンブル運を得ることができるかもしれないと下劣極まることを考えたからである。

時折、色紙に何かを書いてくれと頼まれることがあるが、私には信条というものがなく、したがってその都度書くことが変わる。

その結果、相手がビジネスマンなら、「失敗は成功のマザー」と書いてみたり、高校生なら「青春とはセックス」と書いてみたりする。相手はアングリしたり、赤面したりする。

講演会では色紙はお断りしますと、司会者がいっているにもかかわらず、ロビーで著書に署名をしている私に、本を買わずにいきなり色紙を突きつけてくる輩《やから》がいる。

大抵は元公務員で、年金暮らしの野暮天である。こういう図々しいやつには「1枚2万円を頂戴します」という。適正価格にもかかわらず、相手は悪口雑言を吐いて退散する。

ある時期は「強い夢は実現する」と書いていた。しかし「夢」を売り物にするのは「少年に夢をもたらしたい」と能書きをいう偽善者と同じ穴の狢《むじな》ではないかと嫌気がさして使わなくなった。

さて年頭の「悟り」である。まずダイソーで『日本の名言』を税込み108円で買った。そこには成功するためのひと言として「好機逸すべからず」「運鈍根《うんどんこん》」「欲は身を失う」といった常套句が並び、経済界の大物が発するリーダーシップのあり方といった言葉が続く。

だが、私は「成功」とは一体どんな状況、状態を指すのかはなはだ疑問に思っているし、個人としては「成功」して、どでかい家に住んだり、高級車を乗り回すことにまったく興味がないので、成功者たるべく名言を聞いてもさっぱり感動しない。

そこで生き方の名言を探すと、「私は弱者よりも強者を選ぶ。積極的な生き方を選ぶ」という坂口安吾の言葉にぶつかった。

『堕落論』『白痴』で一世を風靡した破滅的な作家であるが、一方で『吹雪物語』というとんでもない退屈な小説を書いたりしている。

実際の彼は静岡競輪場で「八百長だあー」と騒ぎ、社会問題にしたこともあるほどの生真面目な人間だった。

東京オリンピックを控えた建設関連業者には「何事も談合すれば、面白きことあるぞ」という蓮如《れんにょ》の言葉を贈りたい。浄土真宗の信者からは、談合の意味が違うと文句が来そうだが、目くじらをたてることでもない。

『論語』好きの経営者は多いが、実は案外うろ覚えでいるようだ。松井証券の松井道夫氏と日経の編集長が話しているとき、「えーと、子曰く、五十にして何だっけ」とふたりして天井を仰いだことがあったが、思い出せないということは、ふたりにとっては価値のある言葉とはいい難いのである。つまり「悟り」からは、ほど遠い名言なのである。

そこで私は思う。「悟り」とは何事に対しても「悟った」という言葉を発すれば、悟ったことになるのだ、と。

それが「悟り」の極意である。

世の中は月雪花に酒に女

久し振りに会った大手広告代理店の幹部が、うちはいつから無気力な若者を入社させるようになったのかといきなり嘆いた。

しかしオタクの会社は、大企業の息子を人質同然にとって法外な広告料をふっかけるのを生業《なりわい》としていたではないかというと、あの時代はもう終わったと、がっくりと顎を落とした。

で、彼が嘆く無気力な若者というのは、成績優秀で入社し彼も目をかけていたが、５か月が過ぎた頃から、なんとなく仕事が面白くないといいだし、昨年の暮れ近くには、辞めたいと口にするようになった。

理由を訊くと、残業が多いので彼女との約束が守れないという。年明けに改めて訊くと、彼女に相談したいとまだいっている。彼はついに頭にきて、貴様のようなやつはとっとと辞めてしまえと、怒鳴ったという。翌日からその男は出社しなくなった。

うちのように給与から福祉まで充実している会社はないのに、あんなやつを雇う会社があるものか、と思っていたら、2月になって、それなりの会社にちゃんと途中採用されたという。今は景気に関係なく、売り手市場なんだと彼は呆れていた。

昨年の9月には就職氷河期といわれていたから、私もそれを聞いて驚いた。東日本大震災の復興のために、人出不足で賃金高騰だと建設業の知人から訊いていたが、いってみれば町工場から上場企業まで、IT関連の技術者から保母さん、介護士まで、みな入り乱れて人材を取り合っているというのである。仕事がないのは、弁護士と朝日新聞のOBくらいだというのには笑えた。

では人材派遣会社は儲かっているかというと、今はBPO（企画設計管理）のグループを、そっくりそのまま要求のある会社に派遣しなくてはならず、それができる能力集団を集めるのに苦労しているという。人気のある企業は金融庁か日本銀行というから、ますます日本の若者は気力不足になる。出版社に人が集まらないはずである。

だから、銀行もまだ人気はあるそうで、それは高給で出世さえ望まなければ、一生安定した生活が送れる保証があるからだそうだ。

不祥事があって頭取が辞めたみずほ銀行の知人に聞いてみると、いまだに頭取の年収は1

億円で、副頭取は半分の5千万円は取っている、その下の平取でも3千万円はあるという。

ちなみに彼の上司は例の一件で幹部席を失ったが、関連会社で同額の給料をもらっているという。50歳前のその男は部長クラスだが、1千800万円の年収がある。

金だけが人生じゃないというのは人間性のない金持ちの自慢話、というのは宝くじのコマーシャルだが、身分相応の暮らし方を知っていた江戸市民から見れば、今の日本人は等身大の自分を過大評価して不満ばかりほざいていると呆れることだろう。金も出世もいいが、現実の生活を生きてゆくには精神力が不可欠だ。

さらに人生を愉しく過ごしたいと本気で思う人には、「ダルマさんちょいとこっち向け、世の中は月雪花に酒に女だ」という禅の〝唄〟があることも、お知らせしておこう。

未来を予見する

気がついたら周囲にいる友人、知人、その友人までことごとく書斎派になっていた。

近所でもそうである。隣家の中南米諸国の領事館に勤めていた元外務省の方は、かつての経験を書いて自費出版した。なかなか面白いので雑誌でも私は紹介したものだが、評判がよかったらしく今年3月に重版した。

向かいに住む方は東大卒の元農水省の役人で引退して8年になる。おとなしい人で、嫁さんの家に舅《しゅうと》夫妻と住んでいるせいか、なにか遠慮している。

ある晩、電信柱の陰から煙が立ち昇っているのを見て、ボヤかなと思って近づいてみるとその人がタバコを吸っていた。

舅夫妻は彼が中央競馬会に天下りをしてくれることを望んでいたようだが、それは叶わず天下りの斡旋《あっせん》もなかったようで、自分で引退後の働き口を探したのだという。それも廃業となって晴れて書斎派入りした。

だが全く趣味のない方で何を聞いても未来への予見を彼は口にしない。枯れ木になった元官僚は友人もなく哀れである。

大学時代から友人の経済学の元大学教授は、46歳になってやっと食えるようになった。論文を書いたが出版社の目にとまることはなく、テレビに出る経済学者を、役に立たないことをほざきやがってと嫉妬していた。しかし、そういうバカな学者ほどマスメディアでは重宝されるのである。同類は同類を呼ぶのである。

別の語学で食っている教授が、10年ぶりに電話をかけてきて、「本を出版したいので出版社を紹介してくれ」と頼んできた。

「おれの事務所では印税から15パーセントのコーディネート料をもらう」といったら絶句して電話を寄越さなくなった。タダだと思っていたらしいが、こちらの要求は正当なビジネスなのである。自費出版の斡旋もしている。

「てなことを書いてミッチはご気楽に暮らしているわけか」

とゴルフ場でソフトクリームを食べながら、元電通の友人が薄笑いを浮かべながらいった。

彼は東京オリンピックの招致活動で収賄疑惑のど真ん中にいた人間である。シンガポールにあった怪しげなコンサルタント会社に、２億円を運んだあと、Ｊ大学に教授として横滑りした悪い人である。そんな彼でも私は大事に付き合っている。ここでも類は友を呼ぶのである。「ＡＮＡは買い時か」「倒産する。電通を買ったほうがいい。底値だ」「ダメだよ、電通には何もない。資産がない」

てなことを話しているが、ＪＣ（ジャンピングキャッチ、高値摑み）を予見できない書斎派は偽物だ。だが、偽善者ではない。楽天家なだけである。アメリカのバイデンは偽善者の上犯罪者だ。セクハラはどうなったのか。アメリカのメディアこそ犯罪者に加担する。

それはそうとフェイスブックで知り合った方から、突然エミー・ビードという女性シンガーソングライターのＣＤが贈られてきた。バイリンガルで純粋な日本人である。その素晴らしい歌声に魂が砕けた。書斎派にはこういう効用もある。

第5章

いさぎよく生きる

女殺しのテクニック

「女性にモテる男になるのは簡単なことです。顔立ちがよく、身長が180センチ以上で、資産家の家に生まれてしまえばよいのです」

こういったところで、たとえそれが事実であり、現実であったところで、ナルホド、と納得して、この言葉を日記に書きつけるようなお人好しはいないだろう。

そして生まれつき、こんな条件のよい男はそうはいないだろう、と思ってしまって、すぐに別の世界の出来事だと考えがちなのだが、案外このテの男はたくさんいるのである。ためしに皆さんの回りを見廻してみるがいい。

ホラ、やたら背の高い男がいるではないか。180センチには少し欠けるにしても、充分に長身の部類に入るやつはゴロゴロしている。

ちょっと見には、顔立ちだっていい、よく見ると平目のように見えてしまうが、それだって育ちのよさがボーッとした表情となって現れているのかもしれない。服装のセンスもいいし、話し方もやさし気だ。

それに都内に自宅があり、お父上は社長（あるいは医者、弁護士、高級官僚、銀行のトップ）だし、見かけは申し分ない。

ね、いるでしょう。そういう男がモテるのかというと、やっぱりある程度モテる。ここでズッコケてはいけない。女は自分の恋愛に命をかけているのだし、そういう男だけを追いかけているわけではない。

見かけは申し分なく、お金はあっても「ケチ」のひと言を残して、男を捨てる元気なお嬢さんもいるし、「ヘンタイ」と軽蔑の言葉を投げつけて、正常なセックスをする普通の男の許《もと》へ去っていく女もいる。

では、どういう男がいい女にモテるか。

それは冒頭にかかげた三原則にプラスして「高学歴プラス資格」たとえば、公務員であれば、国家公務員1種の合格者、法学部出身であれば司法試験合格者、商学部であれば会計士、建築科であれば一級建築士の免状をもっている人、ということになる。ただ、東大を出た、というだけでは、最早ダメ、なのである。

それに外国語も英語の他に、独、仏語くらいは喋ってもらわなくてはなるまい。

「それはムリだ」とここで降参してはならない。なぜなら、ここまでは単なる知識の分野であるからなのだ。安心してくれ給え。一流の女にモテる男は、実は、知性で勝負しているのである。学校や本で学んだものには、オリジナリティーがない。つまり、勉強すればだれでも頭の中に納めることができるという類のものである。

一流の女は、そういう「平凡な」知識をひけらかす男を侮蔑するものである。相手の女があきれているにもかかわらず、得意になって知識をひけらかす男や、手垢《てあか》のついたユーモアをくっちゃべっている男ほど哀れな存在はない。

では知性派はどんなことを話題にしているか。それを自分で考えるのが知性派なのである。全然関係ないように思えるかもしれないが、矢内原伊作《やないはらいさく》という哲学者は、昔こんなことをいっていたな。

「20世紀とは何か。夜である。実在とは何か。夜、目覚めているものである」

私はこの言葉を、彼が、どうして女をコマすことができるのだろうかと、夜毎《よごと》考えていたと解釈している。

ところで、今あげた条件に、全然あてはまらない人がいる。すなわち、学歴もなく、田舎者で、給料も安く、見た目もパッとしない男たちである。そういう人はどうしたらいいか。答えは簡単だ。

モテようと思わないことだ。どうしても女にモテたいと思うのなら、「女をひっかける方法を教えます」というような学校に通って、テクニックを学べばよい。ただし、高い授業料を払ったことを後悔することになるだろうな。

冷たいようだが、モテようと思わなければ、女を前にしても卑屈になることもないし、いじけることもない。明るい気持ちで、モテたくない男の心意気を謳歌することだ。

では、そういうおまえはどうなのだ、という質問が飛ぶであろう。実は、ワタクシは、冒頭にあげた三原則に全くあてはまらないのだが、なんというか、悲しいまでにモテてきた。

なぜか。その極意は簡単で、周囲にいたオッサンたちのようにはなってはならん、と固く心に決めていたからである。中味がないのにエバリ散らしているオヤジ。臭い息を吐いて女の子にワイセツな言葉を吐くオヤジ、なるべく安くセックスしたいと思っているオヤジ、上役には卑屈なオヤジ、こういうオヤジにならない努力をしていれば、道は必ず開ける。

スポーツ選手の人生に添う

ここ2年ほどの間に読んだスポーツ・ノンフィクションに登場した人物に、思いを馳せている。

彼らは栄光とは縁がなかったかもしれないが、魅力的な生き方をしてきた人たちだ。その一人にラスティ・カノコギというアメリカ人の女性がいる。92年のバルセロナ大会で初めて女子柔道が正式種目として認められるようになったのだが、それにはこの人の命を賭けた情熱があったからだ。

ユダヤ人移民の不良少女だったラスティは、180センチメートルを超える体格を利して男たちをもぶっ飛ばし、スラム街をのし歩いていた。暴力で何もかも解決するしかない、それが自分にはできると思っていた。

その少女が日本の柔道と出会って変わった。日本の文化に憧れ、講道館でも修行をし、さらに競技に熱中して、70年代から80年代にかけて女子柔道の国際大会では敵なしといわれた。その彼女がめざしたのは女子柔道をオリンピックの正式競技にすることだった。たった一人で女性蔑視のＩＯＣに挑戦状を叩きつけ、仕事で得た給料を全て注ぎ込み、自宅も抵当にいれて資金をひねり出した。そして長い戦いの末に勝利を得たのだが、すでに力衰え、競技者として限界がみえていた彼女自身が選手として参戦することはなかった。

「釘になるな、ハンマーになれ」

という言葉を残して、ラスティは４年前に74歳の生涯を終えた。

『フットボールの犬』という妙なタイトルの本を出版した宇都宮徹壱《てついち》氏はカメラマンとして世界中のサッカーを見て回っている。欧州は勿論のこと、トルコ、シチリア、エストニア、マルタ、クロアチア、ウクライナ、それにフェロー諸島（デンマーク領）や旧東ドイツのドレスデンにある劣悪極まりない競技場で氷雨降る中、２部の試合にレンズを向けたりしている。

そんな辺境の土地を10年間も歩き回ってものにしたのが、この本なのである。マイナー極まりない選手の話が次から次へと出てきて、地球上にはサッカー・オタクしか生存していないのではないかと思わせる。しかし、選手の目は生き生きとしている。競技が好きだからだけではない。地獄から這い上がって生きるためだ。

アメリカズカップに挑むヨットマンたちを描いた『海が燃えた日』は、ヨットマンの武村洋一氏と、資金を支え多くの企業から援助をとりつけた元エスビー食品グループ代表の山崎達光《たつみつ》氏の奮闘記で、全編に漂う無念さに男の歯ぎしりが聞こえて味がある。

『プロ野球二軍監督』（赤坂英一著）では元日ハムの水上善雄《みずかみよしお》二軍監督と中田翔《しょう》の師弟物語が印象的だ。水上はわずか2年で球団をクビになるが、インターネットラジオで解説をしているとき、膝を痛めて鎌ヶ谷球場から道路を隔てた寮にいた中田翔と目が合う。水上から怒鳴られてばかりいた中田だったが、水上を見て手を振った。それに応じて水上も手を上げる。

三冠馬シンザンと栗田勝《まさる》騎手の交情を描いた小山美千代さんの『シンザンの騎手』も読む人の心を震わせる1冊だ。『昭和天皇のゴルフ』（田代靖尚《やすひさ》著）にも驚かされた。目立たないこれらの本と出会った私もまた幸せだった。

人間交差点

品川のグランドプリンスホテル新高輪に５坪の店が週末だけ開店したのは昨年の８月末のことである。ここはざくろ坂に面している半地下の店で、東北で震災に遭った人たちが地元の食品や品物を交代で持ち寄って開いた店である。その店が半年間だけという約束通り、３月一杯で閉店した。その間、21の店がここで商品を都会の人に売っていたことになる。

店は閉じたが、震災で商売が頓挫していた東北の人々と都会人との絆は深まり、そして繋がったままさらに広がりを見せている。一回こっきりの試みだけでは終わらない人情が育ったことになる。ここを開店するにあたって多くの人がボランティアとして参加した。それを総称して「ざくろ坂プロジェクト」と呼ばれた。

いい出しっぺはノンフィクション作家の吉永みち子さんである。震災のあと何度か東北地方を訪れる度に自分が何かできることはないかと考えていた。だがそれ以前に自分の生活を心配する必要があった。62歳になったばかりの団塊の世代代表ともいえるみち子さんだが、夫であった騎手で調教師の吉永正人《まさと》さんと別れ、その前夫が亡くなる直前まで身の回りの世話をしていたと聞いている。

競馬会からの年金はみち子さんには渡らず、政府税制調査会をはじめ、さまざまな政府審議会委員を歴任し、現在では検察のあり方検討会議委員に就任しているが、こういう役目は労多くして収入が少ない。男女共同参画運動をテーマとして掲げた講演会活動もボランティアみたいなものである。作家として活動し、テレビのコメンテーターとして出演し、生活費を稼ぐ傍ら他人のために働いていることになる。かつて福田康夫氏が首相時代、民間出身の閣僚としてみち子さんに白羽の矢をたてたことがあったが、いまとなっては惜しい人材を失したと無念である。

「ざくろ坂プロジェクト」も最初はみち子さんの個人的な活動の一環で、自宅のある中目黒から品川までバスで通う度に空き室になっているホテルの部屋が気にかかっていた。そうだ、ここで被災者の方が店を開くことができないか、と考え、早速ホテル側と交渉した。

かつて西武ライオンズスカウトの裏金授受事件で調査委員になり、その折り西武とコネができたのである。そこで「どうせ誰も借りないいんだから半年間だけでも貸してよ」と交渉し、無償で借りることに成功した。そこから事務局を作り、出店してくれる人を捜し出したのである。つまり「走ってから考える」という方式である。ただいたずらに被災者に名物の豆腐を売ってみないかと持ちかけても相手は労災詐欺だと思ってしまう。

そこで演歌歌手の小林幸子さんに加わってもらった。出店側は費用は出せないから、事務費用をはじめ、放射能の検査代もカンパして安全性を訴えた。販路を広げることがまず一歩だった。なんといっても震災の直前まで人々は普通に生活していたのである。死体すら見たことがなかった。震災で全てが崩壊したが、それでもいままでは人との繋がりを信じられるようになった。店はなくなってもここは永遠に人間交差点なのである。

元気の出る薬を配達する女

年に何度かどうしているだろうと思い出す女性がいる。職業は様々だが、みなそれぞれこの混沌とした世の中で、すっくと立って生きている女性たちである。私はここ数か月入退院を繰り返していて、気力に欠けると感じるときがあった。そんなとき残間里江子《ざんまりえこ》さんのことを思い出した。

昨年、彼女は10冊目の本『人と会うと明日が変わる』を刊行して、内容はタイトルそのものなのだが、その中に「閑居などまっぴらごめん。私は町に住んでいろんな人と会って刺激を受けていたい」という文章があり、その通りだ、と私は手を打ったものだった。

それで11月のある小春日和の気持ちのよい日、神宮前にある残間さんの事務所に出かけて行った。

彼女はプロデューサーという肩書で、実際はイベントや映像など裏方の仕事でも本人の好みにあったものは「いいんじゃない?」という感じでやっている。空中を自由に飛び回るので、ネットワークデザイナーという肩書が似合いそうである。

そう書くと自然に佇んでいる様子だが、本人は結構自分を激励して仕事に励んでいる様子がある。人と会うのも仕事のうちの一環である。だが、いやいや会うことはなく、やはり「会って話していると一歩踏みだせる。知恵が湧く」と臆病な性格な割に、かなり楽しんでいる風情なのだ。

久し振りに会って話してみると、この人は知性豊かな「元気の出る薬の販売人」だなと再認識させられた。本人には気の毒かもしれないが、弱っている者には便利な存在なのである。日本に新しい大人社会を作るのだ、と気合を込めて立ち上げた会員制のネットワーク「クラブ・ウィルビー」が正式に動き出したのが09年。

パンフレットには、企業とのコラボレーションによる大人マーケットの創造、を目指すと書かれている。経済は今と同じように冷え込み、スポンサーも資金提供を引っ込めるような状況で大人が出会える理想郷を提供するのは相当な力業《ちからわざ》を要求された。現在実名登録している会員は1万1千人になる。

だが4年前には果たしてどれだけの会社や個人が彼女の「心地よい仲間といい時間を過ご

したい」という思いを理解していたか疑問だ。でも、もしかしたら晩年の田中角栄がそこにいたら、彼が取材に応じた数少ない女性編集者の一人であった残間里江子という打ち解けやすい女性に力を貸しただろう。残間さんは「クラブ・ウィルビー」を作るにあたり、母の家のために貯金していた建築資金を全て吐き出した。その母は96歳になり自宅で介護を必要としている。残間さんには新たな試練が立ち塞《ふさ》がっている。

「クラブは来年5周年を迎えるの。新しいテーマは『単身』。一人で生きるということは誰かと関わり合うこと。いま50代の女性が一番孤独。会社でも居場所がなくなっている。私ね、彼女たちにカッコイイ団塊の世代の男たちを集めるからといってあるのよ。そのとき相手の男性は85歳になっているかも」

女性会員が60パーセントという「クラブ・ウィルビー」の提言は「人間という肩書で生きようと思う」である。

旅に目覚めた男

63歳になる友人のM氏が突然台湾を自転車で一周した。走行距離は1千160キロメートル、そこを台湾製のグレートジャーニィーというスポーツバイクで、3週間かけて完走したのだ。

同行したのは近所に住む大学生で、その大学生は台湾に行くのは初めてであったが、彼の励ましがあったからこそ完走できたと感謝していた。それは簡単なようだが、なかなかいえる言葉ではない。M氏の心の成長をみる思いがした。

M氏は50歳半ばになって旅に目覚め、これまで四国巡礼やおくの細道を追体験するといって80日かけて東北から北陸を歩いて旅した男で、フィンランドから南米、ついでに南極まで旅した経験を持っている。

およそ世界中で行ったことのない国はないのだが、どうしてそういう妙な旅をすることになったのかは本人の口からあらたまって聞いたことがない。気が付いたら旅する男になっていたのである。その気取りのなさがまたいい。妙な理屈をつける男は偽物である。

自転車を買ったのは2年前の61歳のときで、いつかシルクロードを自転車で走破したいなといっていたが、私はどうせ戯言《ざれごと》だろうくらいにしか思っていなかった。なんせヨガを極めるためにインドに行くなどと突然いいだし、出発直前になって生牡蠣にあたったのでやめたという奴なのである。今回の台湾一周もなんとなく聞いていたが、どうせ実行できるはずがないと思っていた。

ところがやってしまったのである。それも台湾の桃園《タオユエン》について地図を買って出発したというのだから、その向こう見ずさにはあきれる。台湾に行ったのは3度目だそうだが、最初に行ったのは大学生のときで、一緒にいった友人が69年の2月26日に童貞を失い、２２６事件だとふざけたことをいっていて、M氏の場合はコンドームが破れて淋病になってしまい、とんだシックスナインだと笑っていた。

しかし、今回は苦行の連続で、なぜ若い頃は汽車に乗って気楽な旅をしていたのに、この歳になって雨にあたりながら坂道をヒーヒーいって漕ぐのは馬鹿じゃないかと、自問自答の旅であったそうである。それが坂道を下る人生の楽しみであると気付いたのも、今回の旅の成果である。

歳をとることは決していやなことばかりではない。

自転車に乗っていて分かったのは、台湾人のやさしい心遣いであったという。親切な人が多く、道端であえいでいると、バナナをくれたお爺さんもいたそうである。

唯一台北《タイペイ》の交通マナーの悪さにはあきれたが、他の地域では自転車道路も完備されていて、公害で空気が汚れているのを除けば、すこぶる快適な旅であったそうで、ホテル代も1泊平均3千円と安く夕食も900円も出せばB級グルメが堪能できたという。

ただ屋台で食べることが多かったそうだが、酒好きのM氏にとっては、どこもビールを置いていないのが苦しかったという。

彼は今回の旅で自信をつけ、次はヨーロッパ10か国、3千キロメートルの自転車旅行を計画している。それもまた人生の醍醐味である。

洒落男な70歳、野望の74歳

昨年から書いている物語に2人のタフガイが出てくる。モデルになっているのは、68年に日本人として初めて南極点に到達した村山雅美氏と、人類学者のトール・ヘイエルダール氏である。

村山氏とは87年に中型飛行機でチリから昭和基地まで一緒に飛んだ仲間である。私は40歳で村山氏は30歳年上の70歳だった。タフな人で翌年には北極点に降り立った。

海軍時代は内地で暗号電報と取り組みながら冷房のきいた食堂で、仲間と麦酒ばかり飲んでいたという。帝大卒業であるから語学にも堪能で、南極にあるイギリス基地では雪上車を貸してくれと交渉し、ドイツ基地では技師とあれこれいいながら無線をあやつっていた。

雪原にサングラスをかけて佇む村山氏は実にカッコよかった。村山隊長はこれまでずっと天候と女運に恵まれていたでしょうと、南極の氷でロックウイスキーを飲みながら聞くと、

「ば、ばかなことをいうな。そりゃ文豪のことだろう」といってあわてていた。ちなみに氏は私のことを「文豪」と尊敬とほど遠い目つきで呼んでいた。

南極の帰りに私はひとりでイースター島へいった。同じ民宿にへイエルダール氏が考古学者や助手たちと宿泊していた。私は氏の書いた『コン・ティキ号探検記』（水口志計夫《しげお》訳）を高校時代に読み、以来私のバイブルになっていた。

筏《いかだ》で太平洋を横断する人類学者の行動力におそれいったし、描かれた海の表情がこれまたすさまじく、その表現力にシャッポを脱いだ。こんな生き生きとした文章を書ける学者なんか、日本どころか世界中を捜したっていないと思ったものだった。

その本が世界中でやがて５千万部を超すベストセラーになったのもうなずける。ひとつの言葉にこだわり続けた開高健《かいこうたけし》氏にしても、『コン・ティキ号探検記』を世界名作三選のひとつにいれたほどだ。

イースター島には１５０体を超すモアイ像があり、そのうちのいくつかは基盤となる石の下が石室になっていて、昔は島の大部分の女は、外国船がくるたびに隠れていたという。へイエルダール氏がイースター島に最初に来たのは55年のことだった。

私と会ったときはすでに島の住民のようになっていて、お祭りのときには彼専用の席が与えられていた。氏は「彼らに何か貸してくれといわれても貸すんじゃないよ。ここはこの間まで泥棒の島だったんだ」とアドバイスしてくれた。

氏とは馬に乗って何度か発掘現場とは別の草原やら崖っぷちを歩いた。紀元前のアンデス・インカ帝国文化が筏に乗った人々によってイースター島に伝えられたと氏は主張していたが、私とふたりのときはいつも静かな語り口でこれまで助けてくれた仲間のことを感謝していた。あるとき自分の書いた本は外国で読まれることがないので無念であるといったら、氏は「自分の国の言語で食っていけるのは幸せだよ。ノルウェーには読める者が400万人しかいないんだ。外国語で見たことを表現するのは苦労するよ」といって笑った。

日焼けした74歳の顔が男臭く、私はしびれた。村山氏もヘイエルダール氏も88歳で死んだ。

団塊の世代はよい上司になりえたか

高校の同期会が10年に一度開催されている。生まれた頃は終戦ッ子と呼ばれ、我々もその意味が分からない内に団塊の世代と呼ばれた年代である。高校を卒業して丁度50年経った。９割方は引退して年金生活だが、当然年金だけでは生活していけないからみな貯金を取り崩している。

70歳を目前にして同期会にくるのだからみなそれなりに勝ち組の連中だと思えるだろうが、私のいた高校は進学校ではなく、世田谷区と調布市との境にあり、周囲は田園風景で生徒の気質もまことにのどかであった。

その田舎っぽさが丁度いいということで、学校はドラマ『青春とはなんだ』の撮影に使われていた。しかし撮影を見ている生徒はゼンゼンいなかった。

「同期会からひと月たって、３年のとき同級だった者４人で立川の昭和風のレトロな居酒屋で飲んだ。私は剣道部で、あとの3人はそれぞれハンドボール部、バスケット部、バレー部の主将をしていた。立教から「三越」にいったKは定年まで三越にいた。妻の実家のある松山市でも働いていたことがあり、つい先日も松山にいくと元部下が迎えにきてくれて、2日間ゴルフをして帰りには送ってくれたという。

さぞかしいい上司だったんだろうというと、「いや、散々働かせた方だ。今でも慕ってくれるのは当時できの悪かった連中で、おれは彼らを何とかデキる営業マンに育てようとしただけだ」という。

職場に不満を持っている者には話を聞いた上で自分の判断で解決したという。「俺たちはチームだからな、課長のときでも責任は全て課長がとるべきなんだ」。彼は高校生時代と変わらない潑剌《はつらつ》とした顔立ちでそういった。

バスケのSは法政を卒業したあと長崎屋に27年勤めた。例産すると一流商社2社からこないかと声がかかったが彼が選んだのは就業ソフト大手「アマノ」だった。

東南アジアや南米へと出張した。8年いて子会社の社長になった。その間に妻をガンでなくした。飲んでいるときに「Sさん」と彼に声をかける者があった。元部下だった男で、聞いてみるとよく一緒に飲み屋に付き合わされたという。

会社の金で払ったのかとその男に聞くと「とんでもない。他の上司と違ってＳさんはいつも自腹でおごってくれました」。

Ｓの名前が他社にも聞こえていたのは、そんな男気があったせいだろう。

中央にいったバレー部のＴとは何度も妙なところで鉢合わせになったが、おかしかったのはヒースロー空港で私がある女と大事な話をしているところに真っ青な顔をしたＴが割り込んできたときだ。自動車部品の製造会社に勤めていたＴは、製品に不備があったため部下の技術部の者とお詫び行脚《あんぎゃ》をした帰りだという。

「やっとこさ課長になれて喜んでいるときに前任者の責任をとれということになったんだ。世間は右肩上がりだったが製造業の給料は安かった」

それが部下から突き上げられても健気に生きていた団塊の世代の姿なのである。

第6章

あらためて、〝自由〟を考える

若者よ、まずは金儲けなのである

健康オタクを見ていて、くだらないことにエネルギーを使っている、とは思わない。

こいつらバカじゃネーか、とあきれるのは、ジムに通って汗水垂らして筋肉増強に邁進している男が、駅などで階段を使わずに、長い列の最後尾に並んで、エスカレーターに乗る順番を待っている姿を見るときである。

ジムは楽しいが通勤で使う階段はいやだ、とぬかすこういう連中は、生涯金儲けはできない。目的が散逸している。預金通帳を見て、ニヤリとする喜びを持つことがないのである。

ある中小企業の管理職は、週に3回ジムに通い、週末になると若手を連れて馴染みのキャバクラにいく。支払いは彼がする。だが、大好きなゴルフの会員券は買えずに、高いビジターフィーを払ってゴルフに行く。行動がチグハグなのである。

そんなことだから部下にキャバクラの女をとられるのだ、とはさすがにいわない。ただ一度でいいから、人生の目的は金儲けだと本気で宣言してみてはどうか。そこからみる景色は格別なはずである。

金儲けのための人生なんてくだらない、好きなことをやってうまくいけば、金なんか自然についてくるものだ、とのたまう人もいる。そういって実際に金持ちになったのならばそれでよい、金は人を救うために使って初めて生きると講演するのもいいだろう。

だがその人が税金逃れのために、自分で創設した財団に寄附をして、そこから好きなように遊興費を捻出している姿は見苦しい。

金儲けの本道から大きくはずれるためである。金を儲けたら堂々と税金を払う。そしてこの日のために粉骨砕身してきたのだ、と思いつつ晩酌をするのが金持ちの道義なのである。

金を儲けて何になるのだろう。ゲーテはそう考え続け、やがて葦《あし》になって生涯を終えた。

私は３００万部を超えるベストセラーを出して億万長者の仲間入りをしたい、そうなるべき人だ、と独り言を呟き続けて、今は「雪姫《ゆきひめ》」（高橋家に2月半ばにやってきた生後４か月の雌の柴犬である）の糞の処理係に身をやつしている。しかし、雌伏70年である。おれだって、いつか……。

高学歴だけでは小金持ちになれても億万長者にはなれない。公務員の40歳平均年収は７０

0万円程度だし、並みいる敵を密告しまくって事務次官になれたところで、年収は3千万円ていどだ。あとは天下りの道というみすぼらしい糧《かて》を頂戴するだけである。

そうならないためには起業して金を儲けることが賢明な道である。大学在学中にAI関連の会社を立ち上げて、20億円の金を摑んだ若者の将来は明るい。いつ死んでもいいからである。

アップル創業者のスティーブ・ジョブズが、生命維持装置のグリーンライトが点滅するベッドで思い起こしたことは痛烈である。

「人生の終わりには、お金と富など、私が積み上げてきた人生の単なる事実でしかない。今思えば、仕事をのぞくと、喜びが少ない人生だった」

その悟りを得るためには、若者よ、まずは金儲けなのである。

自由な人生を想像してみよう

団塊の世代というと、終戦ッ子ベイビーがすごい勢いで育ち、800万人が群れをなしているとメディアも、その他の世代の人たちもとらえがちだが、そうやってひとくくりにしてしまえば便利ではあるだろうが、当事者にしてみれば「随分いい加減だな」という思いしかない。それでいて、声高に反論しようとしないのも、我々世代の特徴だろう。

実は、団塊という言葉には、ただの塊《かたまり》ではなく、ひとつひとつの個性が発揚して、それが互いに引き合って大きな輝きを放っているという意味が込められている。各人がそれを意識していなくても、自然とそう考えるように育てられ、その環境の中で生きてきた。小学生の頃は人数の多さに邪魔者扱いされ、教師からはライバル心を叩き込まれ、世の中に出てからは、高度成長の中で、がむしゃらに働かされ続けてきた。途中で、純朴さを刺激され左翼運動に埋没する者もいた。

分かりやすくいうと、個性の大切さを感じながらも、ずっと組織の中で生き、組織の存続を信じ、組織に準じて生活してきた者が多い。そこからの独立を考えた者は少数派である。ただ、私自身は27歳から組織を離れて、よくいえば自由人、自分の感覚でいえば禄《ろく》を離れた素浪人のように生きてきた。だから、団塊の世代の代表とはいえない。そういうところから離れたところで浮遊して60歳を迎えてしまったからである。

そんな私の生き方を見ていた友人には、大きくいって2種類ある。そんな風来坊生活を続けていたら、将来はろくでもない者になるぞ、という侮蔑《ぶべつ》派と、おまえは自由でいいなあ、という羨望派である。前者は定年退職をしても、これで自由になった、これからは好きなことをやるぞ、と思うことがない人たちである。思ったとしても、何をしていいのか分からない。あげくに、退職した会社の近くをうろついたり、昔の部下のところを尋ねては、雑談にふける。はた迷惑なやつだ、と思われていることに気が付かない。

なぜそうなってしまったか。それまでの人生で自由ということを満喫したことがないからである。そういう人には、真の意味で友人がおらず、したがって、歳とるごとに融通のきかない頑固者になってますます嫌われる。こういう人たちを救う手だては私には分からない。ただ、孤独なうちに死んでしまう人が多いだろう。

自由の大切さを知っている人は、退職したら溌剌としだす。やっと組織から解放されたと心の底から喜ぶ。無用になったとは思わず、これからは自分の人生を創ろうという積極的な思いが生じるのである。私は自分の身体を通して彼らを見ていたからよく分かる。

そんな友人に、心をこめていう言葉がある。自由というのは安全な国に生きていて初めて得られるものなのだ。そのことに感謝しつつ、自分だけの自由な時間を創造しようではないか、と。やっと本気でやりたいことを捜すことができるようになったのだから。朝の新鮮さを感じるところから始まる一日は貴重だ。

妻のありがたさ、大切にしようという気持ちが生まれるのも、その年からである。

困った患者返上宣言

「これは困ったなあ。見なければよかった」

別室で看護師さんからプラセンタ（ヒト胎盤エキス）の注射をしてもらっている私の耳にM先生の呟きが聞こえてきた。プラセンタは更年期障害に効果的なエキスとして50年以上前から厚生省の認可を受けている。それが肝機能にも効くと分かって、糖尿病患者である私はM先生に頼んで取り寄せてもらっているのである。その他にアリナミン注射も受けている。主治医であるM先生は我儘な患者のいうことをなんでも聞いてくれる。

診察室に入るとM先生が血糖値の検査報告書を前にうめいている。どうかしましたか、と私はとぼけて訊いた。M先生の困惑している原因は分かっていた。数値がよくないのだ。ここ数か月間呑み続けであり、そのせいで体調が悪かった。食後はとくにひどく、血糖値が上がるせいか、横になって1時間ほど眠らなくてはだるくて椅子にも座っていられないほどだった。

「肝臓に負担がかかり過ぎている。お酒の飲み過ぎです。ＧＯＴが89、ＧＰＴが98。共に正常値の倍以上の数字です。このままでは肝臓はパンクしますよ。ヨットにたとえれば、横に傾いた船を反対側に戻す機能が働かなくなるということです。とくにγ－ＧＴＰが１０１６というのは異常ですよ。基準値は50以下ですからね」

Ｍ先生は相当分厚くなってきた診断書のファイルを戻してめくった。

「去年の一番悪いときでも６００台ですから、ここまでくると限界です」

「最長不倒距離ですね」

「冗談いっている場合ではないですね。もうお友達感覚では診察できないですよ」

ＧＯＴが正常でγ－ＧＴＰだけが高い場合は飲酒が原因だが、私の場合はそうではない。肝臓自体が弱っている。おとなしくて働き者の肝臓は文句もいわずにアルコールを溶かしたり解毒してきたがこのままでは肝硬変になる可能性もある。そうなってはどんな名医でも治せない。第一、すでにアルコール性肝炎になっている。そういった後でＭ先生は、

「とにかく、１か月は禁酒すること。そうしなければ死にますよ」

「来週花見があるんですが、その日だけは呑んでもいいですか」

「いいですよ。ただし香典は払いませんよ」

M先生はにっこりとしていった。ゴルフ仲間であるM先生がそこまでいうのは、私を見離す準備ができているということである。私は1か月の禁酒を誓った。

1週間後にいきつけの飲み屋の常連が集まって公園で花見をした。車座になって20名ほどが呑みかつ喰い、民謡を歌った。言い出しっぺの私には花見に参加する義務があった。悪い仲間が秘蔵の酒を注《さ》しだしてきたが、私はM先生との約束を守ってお茶を飲んで過ごした。

翌日逗子に住む友人の家でランチパーティーがあった。そこにもおいしい酒やシャンペンが用意してあった。私は呻き続けながら水を飲んだ。

さらに翌週になるとゴルフのコンペがあり、前夜祭では仲間がたくさん集まってわいわい騒いだ。ここでも握り飯を頬張って酒をかわした。友人たちはずっと別人を見るように私を見ていた。双子の弟じゃないのという者もいた。そんなふうに節制していても、身体のだるさは続いた。自宅で計る血糖値もそれほど下がってはいなかった。

3週間たった夜、私は缶ビールをテーブルに置いて睨んでいた。もう呑んでもいいだろうと思っていた。飼っているブルドッグが傍らで私を見つめていた。

「おれは胆石を患っている。でも自分でさらに悪くするようなことはしないよ。これでも生きることに必死なんだ」

そう言っているような気がしていた。私は缶ビールを冷蔵庫に戻した。絶対に困った患者を返上してやると、決意を新たにした瞬間だった。絶対に。

ジャカランダの花を求めて

思いついたときに旅に出る知人がいる。東海道を2か月かけて歩いたり、おくの細道を芭蕉の句集を懐に抱いてたどり、酔って山道を転げ落ちたりする一方、世界各国を旅した。

一昨年はドナウ川沿岸を自転車で走った。昨年は何度目かのペルー行きで空から壮大なる宇宙図を見下ろした。秋はニュージーランドの高級ホテルで過ごした。今年は敦煌に行く途中で、駱駝《らくだ》から振り落とされて砂漠に埋まった。夏にはスコットランドでゴルフをしていた。大抵一人旅だが、イタリアやフランスに行くときに限って奥方が同行する。奥方は夫が一人で旅をしている間、現地の通訳付きの料理学校に通っている。

いまあげた地名は大抵誰でも知っている所なので書いたが、実際に彼の行く先は、これまでに聞いたことのないあきれるほど退屈そうな村が多い。「シベリア鉄道のバイカリスクの駅前でオムーリを食った。焼きたてを大勢のおばちゃんたちが売っていたよ」と嬉しそうに彼は語っていたが、バイカリスクと聞いて、ああ、あそこかとすぐにわかる日本人なんて100人くらいしかいないだろう。

その彼からつい先日メールがきた。「いま成田にいるんだが、これから香港経由で南アフリカのヨハネスブルクに行く。そこから首都のプレトリアに行ってジャカランダを見る。ついでに50日ほどかけて世界一周をする。年末に戻るから会おう」と書かれてあった。ヨハネスブルクといえば、世界で最も治安の悪い都市として名高いところだ。香典は息子に渡しておくと書いてメールしたが、返信はこなかった。

次にメールがきたのはプレトリアからで、「ここには5万本のジャカランダが植えられているので、青い円錐型の花弁が垂れ下がって迎えてくれるのを期待していたが、季節が終わったとかで90パーセントが萎《しお》れていた。ホテル前のジャカランダは、30パーセントくらいは残っていたので、その気品のある花をさみしく眺めている」

彼は今年の4月に桜を追いかけて青森県の弘前城公園まで行ったが、そこでもソメイヨシノは咲き終わっていた。女と花には縁のない男なのである。

しかし、今度の旅の彼はしぶとかった。なにせジャカランダを見たくて南アフリカまで行ったのである。プレトリアのホテルで失望していた彼に「拙者はチリのサンティアゴの公園で満開に咲いた紫色のジャカランダの下で眠ったことがある」とメールした。すると彼は一念発起してマダガスカルに飛んだ。そこでまず数本のジャカランダが紫色の陽炎のような姿で迎えてくれたという。

「首都のアンタナナリボのダウンタウンは標高が1千400メートルのところにあり、丁度この時期ジャカランダは池の回りに美しく咲いていた。この満開のジャカランダの下を散歩していて、ジャカランダが蕾に溜めている水を放出することを初めて知った」

数日後のメールには「これからシリアの周辺国、ヨルダン、イスラエル、トルコを巡る旅に出る」とあった。年末に生きている彼と会えるかどうかわからない。

足もとには死体や宝が眠っている

徳川の埋蔵金探しは、近頃とんと話題にならなくなった。

一時は、仕掛け人のコピーライターが小遣い稼ぎにテレビ局をたぶらかして赤城山麓を掘っていたが、現在は「ほぼ日ナントカ」のネット会社を立ち上げて上場に成功し、100億円の長者になって埋蔵金には見向きもしない。誠実一路の純文学作家の私は嫉妬で気が変になりそうである。うーん、カネがほしい。

しかし、徳川の360万両の埋蔵金などは眉唾で、御用金埋蔵の実行者とされている勘定奉行の小栗上野介忠順《おぐりこうずけのすけただまさ》だが、本人は江戸城の金蔵すら覗いたことはなかっただろう。だが、どこかに必ずなにがしかの小判はまだ埋まっているはずで、ビル建設の工事現場で見つかった例など報道されたものだけでも50はある。

昭和38年夏といえば高校1年生だった私が北海道をひとり旅している頃で、中央区の日清製油ビルから天保《てんぽう》小判がざくざく出て大騒ぎになった。当時の貨幣価値で6千万円、現在なら10億円になる。これは江戸時代の酒屋が埋めたもので、その後、鹿島さんという子孫に返還されたということである。

都内にもある。有名なのは湯島天神の梅林に埋蔵されているという宝で、元々は旧神田連《れん》雀町《じゃくちょう》（現淡路町2丁目）にあった油問屋「駿河屋」が大火事になって地下から発見されたものが、巡り巡って湯島天神の井戸に隠されているという。由井正雪《ゆいしょうせつ》の軍費だともいわれ、50年前はまだ鬱蒼と茂った樹木や荒れ地が天神内にあり、江戸時代を彷彿とさせたものである。

先日、ついでがあって淡路町にいってみたが、大通りに面したホテルの脇道に入ると、急に2階建てのしもた屋が出てきて、駐車場のあたりを徘徊しながら、「もしや」などと考えて舌なめずりをしてしまった。

湯島天神はイメージを膨らませれば江戸時代の面影も彷彿とされるが、社務所裏の梅林には小判の匂いもせず、結局近くの居酒屋でイッパイやっている内に、肝硬変の私は歩けなくなり、天神横の坂道に面した昔懐かしい温泉マークのホテルに泊まって一夜を明かした。

そんなことを自宅近くのさびれた駅裏のスナックで、八王子城跡にも埋蔵金があるかもしれないというと、あそこは宝どころか測量をしていると背中がぞくぞくとしてきて知らずに鳥肌が立った、戦死した霊が渦巻いていたとマスターがいい出した。八王子城は平成元年に死んだ私の父が、北条早雲と二代目の氏康、その次男で城主となった氏照の生涯と落城までの歴史を書くつもりで調べていた。

城は完成前に豊臣軍との戦乱で焼け落ちた。豊臣軍の戦死者１千２６０名、北条軍１千余名。婦女子も城裏の滝壺に身を投げたという。そこで一人で行くのがこわいので、私は元ラガーマンの整体師と彼の愛犬を連れて登ってみた。狛犬と祠があり、谷に沿って登ると大手道、つづら折れの急坂を登り、三の丸に出る。眺望抜群、江戸時代の城が周囲に息づいている。本丸跡で呑んだビールの味は霊魂にも分けたほどである。宝探しはロマンではなく、欲望との道行きである。拙者の煩悩は居酒屋放浪にある。

ギャンブル探検隊は、時に神に出会う

ギャンブルは嫌い、カジノなんてとんでもない、依存症は最低、とのたまう女性は、およそ成人女子人口の85パーセントはいるはずだ。

だがカジノを毛嫌いする人のほとんど全てはカジノに行ったことがない。

行ったこともないのに嫌悪するのは、家族にギャンブル狂の人がいたため破産したとか、本人がカジノについて無知であるかのどちらかである。

なんとなく、イメージが悪いと思う人も、無知軍団に入る。ついでにいえばパチンコもギャンブルである。

かつてミシシッピー州はアメリカの中でも最も貧しく、麻薬に犯された青少年が多い土地だったがカジノ場ができてから、青少年の仕事が増え、働く人がサービス業の楽しさを知ってから、数年の内に有数の豊かな地域に変貌した。行ってみればよく分かる。

美人も増えた。だが、これを何故かカジノ悪のひとつにあげる女もいる。美人が増えたのは娼婦が集まったからだ、青少年にとってよくないことだと憤慨する女性評論家もいるが、それはあんたにとっては無関係のことである。

娼婦ができる条件の第一は若さであり、そうする要因は家族に売り飛ばされたからではなく、需要がある場所で職を求めた結果だ。

競輪狂いの親父のために稼業が傾き、借金取りに追われて一家離散の憂き目をみた、という女に対しては、不幸でしたねというしかない。そういう人はユニセフに頼むべきだった。子供だったら脱脂粉乳くらい与えてもらえただろう。

ギャンブルを知らない女を無知だというには理由がある。女にとって一番の賭けは結婚であると認識していないからだ。

それこそが一番のギャンブルで、ちょっと見映《ば》えがいい、ＩＴ長者の妻になれる、てな思いで結婚をしてしまうと、あとで悲惨な目にあう。

私の周りでもすでに5人の女が転落したが、それは男が破産したからばかりではない。

男が目移りした例もある。でも女が賭けに敗れたことは確かなのである。宇宙船第一号の客、なんて得意がっている男と一緒になっても、会社が倒産してしまえばそれまでである。

ギャンブルは、人生のその先を霊視するゲームでもある。同時に様々な自己探検を試みられる人生ゲームでもある。

これは面白いだけでなく、自分と対峙《たいじ》する勇敢さも求められるし、今自分が向き合おうとしているのは、頭脳なのか、知性なのか、論理性なのか、感情なのか、自己反省なのか、度胸なのか、はたまた単なる勘に運を求めているだけなのか、ざっと数えるだけでも10種類に上る探検ができる。

あるとき、競馬場に行く途中にある府中の大國魂神社で柏手《かしわで》を打っていた。そのとき、私はふと、おれは神様に祈りを捧げているようで、その実神頼みをしているのではないか、すなわちおまえは、神様を100円ダマ1個で買収しようとしている、卑劣でケチなやつなのではないかと気付いた。

つまり、ギャンブル探検とは、内部に潜行する冒険でもあるのだ。

馬鹿ほど高いところを見たがる

放浪癖のある同年代の知人が、突然ネパールに10日間ほど出かけた。今年の夏もひと月かけてドイツのライン川沿いをサイクリングしていたが、思いつくと不意に出かけてしまう余裕の人生は高年者の羨望の的《まと》である。今回は釈迦が生まれ、29歳まで育ったルンビニを訪れるのが目的だったという。

といっても計画性はなく、バックパックを担いでの行き当たりばったりの旅であったようで、5年前に釈迦が悟りを開いたインドのブッダガヤを通過したとき、いつかネパールのルンビニに行こうと思っていたそうである。といっても彼は仏教徒ではなく、ただ釈迦の説法に少し興味を持っていただけだという。何年間も付き合っているが、そういうことすら私は知らなかった。

ただ、今度の旅ではヒマラヤを眺望するだけが目的ではなく、釈迦の母マーヤーが沐浴《もくよく》していたというプスカリニ池のほとりに樹齢500年の菩提樹があり、そこでは多くの巡礼者が瞑想しており、彼も今年亡くなった母を供養するため瞑想する時間を持ちたいという願いがあった。実際にその地で瞑想したとき、インドのブッダガヤの菩提樹の下で瞑想したときのような穏やかで心休まる空気が流れているのを感じたそうである。彼が母の名を呼び、育ててくれたことに感謝したのはいうまでもない。

旅はまずバンコクまで行くことから始まった。そこで女性が僧に食べ物を与えて手を合わせている光景を目にして、お布施《ふせ》は与えるものではなく、相手に食べていただくものだと思いを新たにした。

彼はいう。

「お布施の功徳《くどく》を積むことにより心が清らかになる。今まで欲望と執着の目で世界を見ていた者が正しい世界を見られるようになる」

バンコクからカトマンズに行き、バスで8時間かけて山岳の村、ポカラに到着する。ここのホテルには蠟燭《ろうそく》とマッチが置かれていて、それはロマンチックな夜を演出するための小道具ではなく、頻繁に起こる停電のためだとやがて理解する。ここで「風の旅行社」という旅行代理店に研修にきていた瑞季ちゃんという京都大学院生と仲良くなり、旅行の計画などを立ててもらい、チベット蕎麦を堪能した翌日にはペワ湖というチベットの国王の別荘のある湖で手漕ぎボートを楽しんだ。そのボート漕ぎの男から、現国王は前国王夫妻を殺害したと国民から疑われていると聞かされ思わず怖気《おぞけ》をふるう。

ポカラからダンプスという標高のある村に行き、そこで彼は得難い体験をする。月の家という比田井さんという日本人が造った理想郷ともいえるリゾートホテルのあたたかいもてなしと、現地人をやる気にさせるための畜産や農業の実態を目の当たりにしてこれぞ本物の援助だと感心するのである。ネパールの人々の善意に溢れた接し方に感動しつつ、カトマンズに戻り、マウンテン・フライトで念願のヒマラヤ山脈を空から見下ろしたのはネパール最後の日である。

そこでは飛行機から降りるときキャビン・アテンダントの女性から飛行証明書を受け取る。そこには「馬鹿ほど高いところを見たがる」と書かれていた。

女性の相談に見返りはあるか

相談に乗ってくれる？　という女性からの電話にはすかさず「乗るが、見返りはあるのか」と尋ねることにしている。

見返りの内容はこちらの年齢と体調に大いに関係してくるが、それはそれとして相談の内容は大抵恋愛がらみだし、女のほうではもう答えを用意してある場合がほとんどなのである。

こちらの役目は単なる聞き役、慰め役であり、くだらない時間を潰した代償として見返りを要求するのは当然である。

そのうちのひとりのローン会社勤務、夜はパートタイムホステスの女の場合は、見返り報酬として私の誕生日ゴルフコンペのコンパニオンとして友人知人の接待に努めてもらった。

ちなみに男の相談は１００パーセント借金の相談である。そのときは相手が喋り出す前に「おう、久しぶりだな、丁度よかった、カネ貸してくれないか」といえば先手を打たれた相手はもぐもぐいって引き下がる。

元の会社の部下と不倫関係になり、慰謝料に500万円必要なので貸してくれないかと電話をかけてきた奴もいた。元々資産家の息子であるが、すごい恐妻家で貯金は奥さんがすべて押さえていた。2日考えて私は断った。私は親友にはカネを貸すのを惜しまないタイプだが、この借金依頼だけは斟酌《しんしゃく》できなかったのである。

先日酒を飲んだ24歳の女性は、彼氏がいないさみしさを訴えていたが、そのおかげで君はおれという人生経験豊かな紳士と一緒にいられる時間がもてたんだ、彼氏がいたらそうはいかんだろう、といったら「そうですよね」と頷いていたが何だか騙されたような顔をしていた。当たり前である、こっちは騙そうとしていたんだから。

もっともその子の場合は深刻さはまるでない。目立つほどの美女で背丈もありファッションセンスも抜群なのだが、何故か言い寄ってくる男に「ピンとくる」ものがないのだという。いわゆるピンぼけ男ばかりが近づいてくるのは、自分に確かな魅力がないからだろうかと思案していたのである。

その通りだといったら、それって未来がないってことじゃないですかと笑っていた。この女性にしかつめらしい恋愛心理学は通用しない。

ちょっときわどいのは39歳で総合職の女性の場合である。10年ぶりで恋愛モードになったというが、なぜブランクがあったのかその背景がはっきりしない。頭脳明晰、容貌も悪くないのだが、恋愛モードになかったということは男の誘いを拒絶していたことになる。それが男との出会いがほしいと思いだしたら、とたんに既婚者ふたりから誘われたのだという。

昔馴染んだマズローの心理学でいえば、内心を満たしたい、相手から認められたいという高次欲求にあたることになる。しかし学説がそのまま女性の問題を解決することはできない。

そこで「とりあえず誘ってくる男には見返りを要求してみたら」といったら、彼女は愕然としていた。「妻はオレを理解してくれない」と甘えて崖っぷちに佇む女を口説いてくる俗人に対しては、俗学が嵌《はま》るのである。

第7章

強さとは何だろう

それでも女は生きていく

女のお喋りにはほとほと参っていると、平安時代の人が何かの日記に書いていた。

あるとき淡路島の洲本から西宮までバスに乗った。走り出すと、すぐに前の席に座った70歳過ぎの女が隣の女に向かって喋りだした。それがだみ声で大きい。しかも横顔が醜い。まるで、北京原人が1万年のときを経てやって来たような頑丈振りなのである。

お喋りは1時間半続いた。途中で怒鳴らなかったのは私の寛容さが作用したお陰である。

あんな女を嫁にした男は、女の資産に目が眩《くら》んだとしか思えないと考えた。あれこそ生きているだけではた迷惑な女だと、さらに慨嘆した。

新作発売記念の講演会でその話をしたその後、聴きに来たノンフィクション作家の女性が、お喋りな女はまだ人がいい、根性の据わっている女は腹の中で何倍もくっちゃべっている、そういう女は何にでも転身できるし、どこへいっても図太く生きていけるといった。

そういえば自分は自由気儘に生きてきたが、それは行き当たりばったりというもので、大地に根を張るような図太さに欠けていたなあと反省した。柔道にしろ、レスリングにしろ、格闘技に懸けた日本の女は男より根性が据わっている。

福島で農業をしていた80歳の老女が、第二次大戦に比べれば、大震災なんてなんでもねえといって、せっせと働いているという記事を読んだことを思い出した。農民の強靭さである。男はＴＰＰ反対だといって補助金をもらうことに腐心しているが、女は生活保護なんかまっぴらだとばかり、屁理屈ばかりこねている男を置いて畑仕事に戻っている。

つまりは上野千鶴子女史が唱える、ゴー・バック・トゥ・ザ・百姓ライフというわけなのである。

それは様々な職業を組み合わせることで生きる道を示している。夏は稲を耕作し、たとえば洲本なら冬は玉葱を植え、北陸では麦、川沿いの狭い土地には大根はじめ菜種を育てる。農閑期になれば機《はた》織りや炭焼き、あるいは花を都会に売りに出たりの出稼ぎで現金を得る。その中には専門的な技術も含まれている。農家には昔ながらの技術の伝承がある。養蚕だけでなく完成された織物まで作り出す。

男は誇りをもって専門職にこだわりを持つが、韓国に高給で迎えられても御用済みとなればすぐにクビになる。日本に戻っても廃人同然で老後をしょんぼりと過ごすことになる。数年後のそんな元東芝、ソニーの技術者の姿が目に浮かぶ。バック・トゥ・ザ・百姓ライフを目指せとは、脱専門化のことだと上野さんは提唱する。これぞ女の生きる道なのである。

そういえば、ファミレスの隣で飯屋をやっているおばさんは、ひとりで大企業と競合しているだけでなく、どんな料理でも相手の希望に則して作り上げる。

多様化は職業にも及ぶ。まだ20歳代で何勝もしたある女子プロゴルファーは、父の経営していた仕事を継ぎ土建屋の社長になった。もっとすごいのは九州出身の女子プロで、彼女は父の跡目を継いでやくざの親分になった。感心すべきことではないが、確かにお喋り女に腹を立てている場合ではない。

当たり前だが大事なことには時間がかかる

家で蕎麦を食いながらワイドショーを見ていた。

どの局も落ち武者タレントやふやけたコメンテーターを並べている。こういう番組にスポンサーが金を出すのは、宣伝担当が電通やテレビ局から接待に預かっている証拠である。

同時に、スポンサーサイドのＣＥＯあたりが無能な証明にもなる。こういう三者共済組合幹部の連中が組織を離れると、孤独のあまり、いやな爺ィになるのである。

テレビを見て少しバカになった気がしたので、散歩に出た。初夏を感じさせるすがすがしい風が吹いていた。高い空に泳ぐ樹木の緑が生きていることの尊さを感じさせる。途中で古い喫茶店に入った。すると奥の席から老婆の耳障りな声が聞こえてきた。

スマホで知人と話している。こんな内容だった。

「主人が全然話してくれないのよ。あたしがいると目障《ざわ》りだというの。だから家を出て電車に乗ってめじろ台まできたのよ。もう家に帰るのがいやなのよ。死にたくなるけど死なないしね」

ひとしきり鬱憤をスマホの向こうの人物にぶつけたあとで、女店員にあれこれと質問しだした。このあたりは不案内で、散歩に適したところはないかと聞いている。

眼鏡をかけた、痩せこけたキリギリスを連想させる老婆である。80歳前後だろうが、20歳の頃には美しく、40歳の頃は貞節のある人妻であったに違いない。気の毒な女店員は住宅街の町並みを説明するのに四苦八苦していた。

夜になって居酒屋に顔を出した。肝硬変で余命4か月と高名な医師から宣告を受けた私は7年経った今もさり気なく酒をたしなんでいる。その居酒屋のカウンターにはふた組の男女がいた。みな40代の後半だが互いに面識はなかったようだ。私も初めて見る顔である。

ひと組の男女が相当酩酊《めいてい》していて、共に札幌出身で30年来の付き合いだ、と男は私のところまでよろよろと歩いてきて、わざわざそういった。

以前近くで仕事をしていたがドジを踏み、関西方面にとばされ昨年戻ってきたという。

女におれは浮気はしていないといったり、女の方ではおうちに帰りたくないと駄々をこねたりしていたが、その様子はなかなか愛らしかった。

その彼女は突然帰り際に、もうひと組の男女の男の方に、「あんたにはその人は高嶺の花よ」といって席を立った。残った男女の女性の方はまだまだ使える美人で、会話を聞いているると、25歳で結婚するまで男とは肉体関係をもったことがないし、それ以前に付き合っていた男と温泉にいっても拒んでいたという。

それはないよ、と男はあきれていたが、その人妻美女に、1回オッパイを触らせろよといったのは頂けなかった。モテない男の典型である。

30年前、89歳のドイツの作曲家が、幼馴染みだった87歳の老婆と結婚したことが話題になった。何故今になって、と記者から尋ねられた作曲家はひと言こう答えたという。

「大事なことには時間がかかる」

明治生まれの男の腹の据わり

旅行代理店「てるみくらぶ」の破産手続きがまだ済まない内に、ユナイテッド航空のオーバーブッキング騒動で空の旅はぐちゃぐちゃである。

だがオーバーブッキングはどの航空会社でもやっていることで、驚くことはない。ただしユナイテッド航空は悪評が高まった上に、これから被害者の乗客についた悪徳弁護士との賠償金交渉が待っている。まず、3千万円はかっぱらわれる。

日本ではこういう大問題にまでは発展しない。以前、長崎から東京に戻る便でオーバーブッキングが起きたが、航空会社が搭乗口にいる人に1万円を餌に募集をかけたら、必要以上の人が「私が代わりましょう」と手を上げていた。

ちょっと違うが私もトラブルにあったことがある。まだ両親が存命の頃のことで家族でハワイに行くことになった。パンナム便に乗ってふと気付くと予約したビジネスクラスの席に両親がいない。あちこち探し回ると混雑したエコノミークラスにふたりが座っていた。

私はすぐに客室乗務員を呼び、どういうことだと問い質した。状況を理解した彼女はすぐにパーサーと相談した。ところがビジネスクラスは満席だった。

この場合はダブルブッキングのミスである。巨漢のパーサーはあとで払い戻しなどの相談に応じるからここはこのまま我慢してくれという。私は「ノーだ」といった。払い戻しならすぐここであんたが立て替えろ、それができないのなら機長を呼べと怒鳴った。周囲は騒然としている。機体はまだ羽田にある。パーサーは機長のところに相談にいった。

その結果どうなったかというと、家族4人ともファーストクラスに移されたのである。両親は最前列に座ったがさぞや泡喰っているだろうと見てみると、母親は手鏡を覗き込んで化粧をしていて、オヤジはきれいなアメリカ人のスッチーにシャンペンなどを頼んでいた。さすが明治生まれであった。この時代の人は英語にも漢文にも通じていたのである。個人でどこにでも旅に出る胆力と語学力が備わっていた。

てるみくらぶの倒産では客も学んだことが多い。会社が弁済業務保証金制度に加入しているとはいえ、旅行代金を払い込んだ客にはお金は戻ってこない。激安ツアー全部が悪いわけではないが、二、三流の会社のツアーはおしなべて不評である。激安ツアーに参加する人は他人まかせではなおさらトラブルに遭遇する。

ときどきスナックで会う、添乗員をしている30歳の美女がいて、先日はヨーロッパ2か国7日間12万円のツアーの仕事をしたといっていた。往復の航空運賃で7万1千円。残りの4万9千円でホテル代、1泊の船代、バス代、ドライバーの賃金、食事代込みで、本人すら「どうして?」とあきれていた。今頃はロシアにいるだろう。

彼女のお勧めはJTB、HIS、日本旅行、クラブツーリズム、阪急、近畿、JALパック、ANAハローツアーである。しかし私は閑人なので、いつも出発直前の在庫さばきのツアー券を格安で購入している。

災害被害を防ぐ塗料、防錆の発明家

「人の心を惹きつける。そんな商品を作り出し、売る。それが商売というものだ」

ひと言でいえば、それがこの人、菱木貞夫《ひしきさだお》氏の信条だろう。

その基本となる思いは、かなり強烈である。まず、貢献という言葉が最初に出てくる。どの大手会社でも社会貢献をうたっているが、大抵は、サラリーマン社長が自己宣伝のために使っているのである。

ところがこの人は「全ては会社に貢献するのだ」と社員に命じている。それを聞いて日本電産の永守重信氏を思い浮かべた。永守さんは執念の人創りを目指している。

それに加えて永守さんはお金の計算が速い。めざとい。たとえ1円の決済にも自分で目を通す。

菱木氏の場合、そのヘンが大らかである。だから何度か人に裏切られて会社が傾いた。バブル期には畑違いの不動産業にも手を出し、オーストラリアにゴルフ場を含む総合リゾート場を開発したが途中でバブル崩壊に出くわし、１２０億円の借財を作った。

高橋治則《はるのり》は人から集めた投資金、２兆円を蒸発させ犯罪者となったが、菱木氏は紙くずとなったゴルフの会員権を長い時間をかけて地道に返済した。

その誠実さのために、会社が和議申請寸前までいった。大方の社員が逃げていった。残ったのは妻と妹と数名の幹部である。それで人不足に陥った。応募してくる人には会社の窮状を正直に説明した。その人たちはまず、最初にローン会社のカードを自主的に作った。

なぜ、倒産しないですんだのか。それは菱木氏が開発した塗料がたいした製品だったからである。

「ミッチャクロン」という。

この人と会う前は塗料メーカーの社長さんだと聞いていた。実家はペンキ缶を売っていたという。得意先は車の塗装をする修理工場やタクシー会社だった。親父の会社を手伝ううちに、簡単に塗れてはげ落ちない塗料を作って売ればいいんだと気付いた。

それで父から独立して、塗料メーカーをたてた。そこで何にでもくっつく「ミッチャクロン」を作らせて売った。

ところがそれを作る工場主にすべてを盗まれた上、悪い噂までたてられた。彼が残したのはニセの塗料の配合表だったのである。

絶望の中で菱木氏が決意したのは、自分で製品開発することだった。それもまったく化学知識のないところから、奥さんを助手に日夜研究開発した。今も売れ続けている「ミッチャクロン・マルチ」はそうしてできた。

何度かお会いするうちに、この人はすごい発明家だと分かってきた。どんなコンクリート床にも下処理なく密着できるテクノロジーを開発したり、防錆のパテを発明したり、染めＱのエアゾールを使えば、電信柱が台風で倒れる前に予防することも可能なのである。

当然、高速道路の鉄鋼の錆《さび》を防ぐこともできる。問い合わせは後をたたず、今では電力会社から頼りにされているほどなのである。面白いのは花粉も防げるスプレーも売っていることだ。

だが私はこの方をモデルに作品を書くのではない。モデルは妹さんなのである。

柴犬に学ぶ、自分を曲げない強さ

日本犬には6種類あって、中でも人気が高いのが柴犬である。

家が大阪にあった頃に飼っていた犬も柴犬だった。この小型犬に3歳の幼い私は随分助けられた。東京に越すにあたって、犬が置き去りにされると知ったときの失意と父親への恨みは、そのまま怨念となって人格形成された。

その後、東京に住んで最初に飼った犬も柴犬だった。これは大型台風のあと家に迷い込んできたものだった。それからこの雌犬の子を3代にわたって育てた。その間3度引っ越したが、最期まで家にいたのはこの雌犬だった。

時代は流れ、2019年2月に妻とふたりだけの生活を送っていた私たちのところへ、生後3か月の柴犬がやってきた。

雄犬は気性が荒いので雌犬にした。それで顔立ちのいい犬を選んだ。面長ですっきりとした顔立ちの美形だった。

ところで私は面食いで通っている。そういいだしたのはその他の人々で私自身ではない。だが、結婚したとき、「いや、高橋は面食いではないよ」と訂正を促した不埒《ふらち》者もいた。だがこの犬が面食いを証明してくれた。

雪の降った日に家にきたので、名前を雪姫とした。上品な顔立ちが目立ったようで散歩の途中で家人はよく「きれいな顔」と褒められたようである。かなり得意になっていましたな。ケージに入れると両足を前にしてスックと座る。微動だにしない。縄文柴の特徴なのだろう。媚びを売ることもなく、その姿勢は武家娘を思わせた。

ところがこいつはとんだ喰わせ者で、お転婆を通り越した暴れ犬だった。いったんリードを解くと庭から家の中を忍者のように走り回り飛び回る。捕まえるのに30分かかる。そのあげく首輪につなぐと噛むのである。

それから唸り声をあげて自分の尾を噛む。夏を過ぎる頃には尋常ではなく、足を拭くときなど本気で牙を剝き出し、家人はこわがって逃げ出すことが多くなった。無論、私は最初から手を出すのを控えていた。

居酒屋でそんな話をしていると、うちの柴犬もそうだという夫婦が出てきた。大邸宅に住んでいる方だったが、雄犬は逃亡の繰り返しで、あるときなど遠くの警察署で保護されていたという。４軒隣の家の柴犬も気性が荒く、逃亡もするのでついに家の中に閉じ込めたという。

別の日、専門家を交えて解決策を講じていると、彼は「生活の中での葛藤が生じたせいだ。それを取り除くべきだ」と講釈した。人間との接触に不安があるともいう。するとと人間でいうヒステリーではないか、と口を挟むと、聞いていた柴犬愛犬家の市議会議員の女性が「いえ癇癪です」とまなじりを吊り上げていった。中に入ってきた空気を読めない訓練士が「避妊手術も効果的です」といったので居酒屋は雌犬と女のヒステリーと癇癪問題で紛糾した。その違いがどこにあるのか、つかめないのが男と女の溝なのだろうか。

翌朝、死んでしまった金魚を庭の土深く埋めたところを、雪姫が掘り返していた。結局雪姫の噛み癖も何も解決していない。

脱原発へ弁護士奔る

弁護士、河合弘之氏、67歳。今や時の人である。本人は有名人になるつもりはなかったかもしれないが、7月16日に「脱原発弁護士全国連絡会」を結成してから100人を超す弁護士が賛同し、各地の原発訴訟を主導、いつの頃からか反原発の父と呼ばれるようになってしまった。さらに反原発にめざといメディアが河合氏の言動を取り上げ、顔写真入りで紹介している。十分に時の人なのである。

私はその河合氏とは20年来の付き合いだが、実は反原発の運動のことについては聞いたことがなかった。こんな楽天家に話しても無駄だと軽くみられていたのかもしれないが、もともとはゴルフ場での出会いから始まり、私のほうには弁護士として辣腕《らつわん》をふるっている河合氏をモデルにして小説を書こうという、ややあやしい「野心」があったせいかもしれない。

平和相互銀行に絡んだ竹下登元首相の金屏風事件の弁護をするかと思えば、バブル時代の不動産王に対して50億円の離婚賠償をふっかけたり、国際航業事件では仕手集団の小谷光浩の弁護について勝利し、イトマン事件では元社長の河村良彦につき、世間に名高い悪役東洋郵船の横井英樹の弁護もした。そんな底知れない無節操ぶりが小説のモデルに相応しいと思ったもので、そこには私個人の露悪家的な嗜好もたゆたっていた。

ただ、女優の大場久美子さんが自己破産したとき、その傍らにぴったりついてテレビに出ていた河合氏を見たときには、そんなことまでやるのかとぶっとんだものだった。あけっぴろげな性格の人で「おれ三浦和義に負けちゃって、おれの依頼者は30万円とられちゃったよ」と、妻殺しの疑惑のあったアノ三浦から賠償金訴訟で敗れたことを苦笑気味にいったりする。

ただ、ある事件で第二東京弁護士会から除名されそうになり、3か月ほど謹慎していたときがあった。その期間はゴルフバッグを担いでスコットランドあたりをふらついていたという。そのとき生まれて初めて、こんな爽快な暮らしがあったのかと河合氏は思ったそうである。東大卒の優秀で挫折を味わったことのない弁護士であるとだけ思われがちだが、実はずっと苦難と戦い続けていたのである。

そんな氏の素顔を知ったのは16年前頃から個人的に取材をしだしてからである。満州生まれの氏は父が辛くもシベリア抑留から免《まぬが》れたため栄養失調になりながらも日本で育つことができた。ただ、弟は栄養が足らずに引揚げ途中で亡くなった。そういう過去が中国残留孤児を無償で支援する行動にかりたてたのだろう。ある晩、日本国家は冷酷だと呟いたのを耳にとめ、どういうことかと聞き返した。

中国に残留された幼子が成人してやっと日本に戻ってきたというのに、戸籍が無いといわれて強制送還される、そういう人こそ救援するのが国家の務めなのにひどい話だと、頬を震わせて話す河合氏を見て、金儲けのうまいビジネス弁護士として毀誉褒貶《きよほうへん》のあった河合氏の心に根ざす拭いきれない痛みと、正義感を見たように思った。

私はいま東電を会社更生にして河合弘之氏を管財人にすべきだと思っている。

お前は芸能へ行け

劇作家、演出家のつかこうへいが死んで丸4年になる。その彼の遺志をついで元劇団員26人が「北区ACTSTAGE」を立ち上げた。94年につか自身が「北区つかこうへい劇団」を立ち上げたのが最初で、彼が死んだ翌年の11年に解散した。再起の旗揚げは紀伊國屋ホールで上演された『飛龍伝』。若い女優がよくやっていた。

つかの芝居には音楽と照明が欠かせないようにいわれていて、事実ある時期から、大音響の中で怒号と悲鳴と雄叫《おたけ》びに似た役者の声が舞台から絶え間なく上がるようになった。だが、彼の戯曲家としての出発点は、非差別階級に生まれてしまった者の拭いきれない悔しさと、彼をとりまく滑稽な人間模様と、社会にひっそりと取り残されて存在している慈悲にある。

日本に生まれたロシア国籍の男が、戦地で銃弾に倒される舞台は激しい怒りも含んでいた。

つかこうへいの本名は金峰雄《キムボンウン》といい大韓民国出身の在日だったが、彼は日本国籍に変えようとしなかった。それで国家を守る国民の義務について彼と論争することがあった。

つかこうへいと私は同い年で、彼が25歳で岸田戯曲賞を受賞した3か月後に私も新人賞を受賞した。その縁で早大で中上健次、詩人の荒川洋治と共に講演をすることになり、私はつかと個人的に付き合うようになった。その頃、つかは早稲田講堂の裏にあったへんてこりんな小屋で芝居をやっていた。

やがてVAN99で『ストリッパー物語』を公演するようになるが、劇団の内情は苦しく、劇団員と一緒になって、デパートの屋上でレインボーマンに扮したりしていた。

「芝居という芸術をやるのはつらいな。ゼンゼン食っていけない。作家は儲かるのか」

儲かると答えると、仕方ねえやるか、というので当時角川書店の編集者だった見城徹を紹介した。彼はまだ新人で、担当作家は私の他に私が紹介した中上健次しかもっていなかった。

つかが第二の男として見城の前に登場したのだが、『熱海殺人事件』が紀伊國屋ホールで上演されるや、一躍マスコミの注目するところとなって、小説どころではなくなった。

事実、彼の芝居づくりは日ごとに成長していった。舞台には相変わらず机と椅子しかなかったが、音響が派手になった。つのだ☆ひろの音楽が会場に流れだすと、私の隣からぬっと男が出てきて、マイクを持って歌い出すのである。それが殺人犯役の加藤健一だった。観客への奇襲戦法なのである。それがつか芝居の神髄だった。

デカ役の三浦洋一が被害者役の平田満《みつる》に「海が見たかっただと、ばかやろうてめえのような工員ふぜいが海を見たいなんてしゃれたセリフを吐くんじゃねーよ」と頭ごなしに怒鳴る。初期のつか劇団では欠かせない女優の井上加奈子の熱演も光った。

やがてつかの芝居には松坂慶子、内田有紀、黒木メイサ、広末涼子、黒谷友香《ともか》、阿部寛《ひろし》などが出演したいと申し出てくる。反面、劇団を出てプロダクションに移ったかとうかず子に対して、「おまえは芸能を行け、おれは芸術を行く」とつかはいい放ったものだった。

第8章

未来は何色かな

「運」とは雲を摑むようなもの

幸せな人生の定義がどういうものであれ、人生は「運」によって作用されることは誰もが認めることである。松下幸之助氏は常々、自分が成功者といわれるようになれたのは運がよかったからだと言っていた。70歳の頃はその運の占める割合は70％だといっていたのが最晩年の年には95％だと語っていた。

ただし、松下氏の言葉は額面通りには受け取れないし、一般人にはあてはまらない。この人は常に上を見て創意工夫していたから、他の人とは比較にならない視界の深さとそれを支える能力を秘めていたからである。能力でいえば、漱石のいう「運慶は大木を削って仁王像を製作したのではなく、元々そこに埋まっていたものをノミと木槌を使って掘り出したのである」という表現をそっくりそのままあてはめれば納得がいく。

松下氏のいう「運」とは努力や人間関係といった汗くさく、辛気くさいものではなく空に浮かぶ雲に乗るようなことを指していたのではないか。しかし人間臭さでいえば、松下氏が不遇時代、女房にどれほど無理難題をふっかけていたか、本人はあまり語っていない。

そこで野村克也《かつや》氏の登場である。野村氏は現役時代にはよく長嶋茂雄氏と自分を比較してひまわりと月見草にたとえていた。実はこのふたりは能力を開花させるプロセスの違いこそあれ、色々なところがよく似ている。大きく違うのは女運である。

それはご本人が新刊の『運』（竹書房）の中で「おれは運のいい人生を送ってきた。だが女運だけはなかった。女房のおかげで南海の監督をクビになり阪神の監督もクビになった」と語っていることである。当然だ、そもそも酒も飲めない男に恵まれない選手の気持ちが分かるかといいたいところである。それでも最後は楽天の監督にもなり貯蓄は増えた。それでも貧しげなのは「女運」が悪かったからである。

この本を構成したのはかつて私のところに巣くっていた書生である。こいつは怠惰だったが運のいいことに世間の男どもが憧れたＡＮＡのスチュワーデスを妻にもった。だが神様は公平でやつの運はそれで尽きた。ある晩酔っぱらって壁に頭を打ち、脊椎《せきつい》損傷になって生死を彷徨《さまよ》う羽目になり、野村本も身体障害者手帳を持ちながら書いたのである。

しかし、私の見るところ一番運がなかったのは松下幸之助の妻、野村克也氏の妻、いや、元書生の妻ではなかったのか。しかし彼女はあくまで明るい。ある日アメリカの航空会社に勤めるキャビンアテンダントの話になり、おれはスーパーマンだといってシートベルトをしめようとしないアスリートが他の同僚を困らせていたのを知って「スーパーマンは飛行機には乗りませんよ」といってギャフンといわせたという話をした。そんな彼女は現役時代、「おしぼりでございます」といっておしぼりを客に配っている最中に、つい「おしぼりでござる」といってしまった。そのとき受け取った紳士は驚いた風もなく「かたじけない」と答えたそうである。「運」というのはいつかこういう人々に巡ってくる。

ＡＩの弱点は密会

人工知能。ＡＩ（Artificial Intelligence）の弱点は心がないことである。人間の感情を理解できない。つまり、「愛」が分からない。

その本質とは何かという問いに対して、ＡＩはこれまで偉人、聖人、哲学者、作家、宗教家がのたまったことを復唱することはできても、愛しい人に会いたい、会ってこの腕の中に強く抱きしめたい、という切なくも苦しく、その感傷的な感情を理解できない。そういう崇高な思いを抱いたことがない、情けないやつなのである。

今や猫も杓子《しやくし》もＡＩであり、それを理解し、ビジネスに役立てるための講座塾も盛んになっているが、ハードウェアエンジニアはともかく、ソフトウェアエンジニアはその弱点に斬り込んでＡＩに勝つ方法を見出す工夫をしてみてはどうか。そんなことを研究しても会社の利益にならない、という者はずっとＡＩの奴隷になって仕《つか》えるしかない。

さらにそのソフトウェアエンジニア自身が恋愛の経験がない人だったらてんでＡＩには太刀打ちできない。恋愛の経験くらいある、というナントカオタクには、では、真の恋愛とは何かと問うことにしよう。以前、鹿島建設の取締役のＡ氏にゴルフ場で同じようなことを聞いたら、日焼けした顔から白い歯を覗かせて、その頃建設中だったクラブハウス方面に走って去っていった。彼はその意味を熟知していたな。

真の恋愛とは、恋人との密会である。

この雑誌の読者には密会の達人が多いから若輩の者としてはそれ以上は申すまい。この真の恋愛をしている男の胸の内など、ＡＩには絶対に理解できない。

その無感情さは反面ＡＩの強さでもある。ＡＩの弱点は人間の強さにならないのと同じである。感情があるが故に人間は弱い。それも大事なときにドジを踏む。優勝パットのかかったここ一番で、わずか40センチメートルのパッティングをはずしたプロを見たことがある。

それが人間らしさといえるし、だからいとおしさも増すのであるが、ＡＩは人工知能であるが故に恐怖心がない。殺すぞ、と脅しても「わあ、殺されては困ります」てな、しおらしいことをいって、その実、何てことも思っていないのである。

つまり、ＡＩに勝つ方法はやつらに恐怖心を植え付けてしまうしかない。それができない限り、人間は永久にＡＩより優れた技術、能力、勝利の手引きを見出すことはできないのではないか。

「忍ぶれど　色に出でにけり　我が恋は　物や思ふと　人の問ふまで」（平　兼盛）という和歌の解釈をきかされても、生身の人間としては何も面白くない。

やはり、「密会こそ我が恋」なのである。

新年のテーマは「密会」でいくことにしよう。誰が？　ではない。紳士諸君へのはなむけに若輩の拙者が申し上げているのである。このことを先夜、15年間知っている40歳の女性にいったらいきなり「妾《めかけ》はいやよ」といわれた。なるほど恐怖心よりもこれはプライドが生んだ言葉であったなとアンチＡＩは降参した。

占いとはギャンブル指南

占いは、国家にとっては人民を神様に代わって導くための大願成就の道具である。それが個人に向けられると欲望達成への方法論となる。共通しているのはどちらもギャンブルであるということだ。国家のことは議員に任せるとして、私は時流に縋《すが》り欲望を満たすことを今年のテーマにしようと決めた。

投資家の友人からは昨年暮れに、金融株を買っておけ、信用もレバレッジを利かせて目一杯買えといわれていたので、私はいわれるままに銀行株を買った。それが1週間後には20パーセント増になったのですぐに売り払った。数字なんかより現金を手にしたかったのである。

大昔に生きていた良寛さんや一茶を墓場から引っ張り出して、『清貧のすすめ』なんていう本を書く作家もいるが、私はその手合いを全く信用していない。精神が薄汚れている。私は欲しい物は何かと訊かれると何も思い浮かばないが、目の前に1億円をドーンと積まれたらすぐさま競走馬を買いに走る手合いだろう。小さな幸せなどには見向きもしないが、大きな欲望にはすぐに降参してしまう私の心は案外きれいなのである。

友人は投資が生業なので、たとえばアイフル株などは、２００円から買い始めて14週間後には７００円に迫った。それだけで２千万円の利益を生んだ。この株は、６年前には１株１万円をつけたこともあったから、証券会社から勧められて提灯持ちになった一般投資家は、１千株を買うために１千万円を払ったことになる。典型的な塩漬けだが、それが今年70万円になったところで歯ぎしりの癖は治らない。友人はこの２か月余りで、８千万円ほど儲けたはずである。

これは日本経済がどうのという話ではなく美人投票の結果がどうか、それを占うギャンブル精神を知るべきであるな、と思った私は、昨年暮れに京王閣で開催された雨中での競輪グランプリで痛い目に遭ったこともあっさり忘れることにして、まずは金杯から始動した。

１月５日は私の65歳の誕生日であった。今年から、国民年金に加えて年金基金ももらうので強気であった。ちなみに漱石も慶応３年１月５日に生まれている。実は漱石にもプライドに被せられた博士号授与という欲望があった。

強気で乗り込んだ金杯だったが、結局敗戦投手の心境に浸り込んだ。

それでもあれも厄払いだと決めて、2日後には多摩川競艇に行った。競艇では3レース中2レースで3連単を取ったが、財布の中は赤字になっていた。

そこで大國魂神社で右手人差し指を天に向けて恵方詣《えほうまい》りをした。そのときお釈迦様から、やはり日本株に乗るのが時流だと諭《さと》された気がして、件《くだん》の友人に個人的に幸福を得るための今年の景気を占ってもらった。すると、現在は84年から89年までの日本市場が最高に活況だったときの金融相場の始まりに似ているという。日経平均でいうと、第一波が1万1千40 0円をつけたあと、第2波で8千円台まで下がり、続く第3波では1万5千200円まで上がるというのである。その先導役が金融株だという。こういう話に対して低俗だといって眉をひそめる輩こそ、実は助平なやつだと私は思っている。

女は70パーセントの力で男に勝つ

「仕事ができる女ほど、完璧主義になって、最後には磨り切れてしまうのよ。でも他人には救うことができないわ」

腹腔鏡で胃を手術した女と、快気祝いに根津権現《ねづごんげん》へ「お礼参り（物騒である）」したあと、近くの小料理屋に入った。15年振りに入ったのだが、大将は「以前も美人を連れていた」と覚えていてくれた。直木賞作家の故・北原亞以子さんで、当時60歳だった。

その晩一緒に行った女は41歳で独身、18年の付き合いだから、最初に食事に出掛けたのは彼女が23歳のときである。当時、彼女は駆け出しの銀座ホステスで、昼間はクレジット会社で働いていた。

大川の水で洗われた色白の古風な美人だが、男に媚びるコツを心得ている一流のホステスたちの中では、まるで忘れな草のごとき可憐さだった。

いつの時代でもそうだが、都会で育った子の方が地味な傾向があった。

初めて会った晩、12時近くになって、雨の中を彼女は指定した店までやってきた。お腹が空《す》いているというので、好きなだけ食べろといったら刺し身、天ぷらを頼み、仕上げにステーキを平らげた。胃に穴でも空いているんじゃないかと聞いたら、会社を終えて急いで店に来たので、食べる時間がなかったといった。

その彼女が胃の一部を切除すると、とたんに小食になった。ここの魚は新鮮なんだ、もっと食べろといっても、私が頼んだ焼き魚に横からちょっと箸をつけるだけなのである。その横顔を見ていると、最後に会ったときより痩せてきれいになったように感じられた。無愛想な大将が「美人」というはずである。病気をして、それまで体内に蓄積された汚染物質や濁った血液、さらには精神的なストレスというものが、体外に流し出されたのだろう。

「まだ夜の蝶で通るな」

「もうホステスは卒業。週に2回だけ友人の店を手伝っているだけ。今は夜の蛾よ」

あるプロゴルファーの奥さんがスナックでバイトをしだしたのだが、客からは「夜の蛾」と呼ばれているという話を思い出した。

「昼間の仕事はずっと金融だったな」

「前に一度社員はやめたから今は派遣よ。それも派遣法が変わったから、会社の方では社員を増やしたくなくて1年契約なの。９月になったらまた探さなくちゃ」

どういうわけか、彼女はずっと独身だった。女の恋愛物語に関しては立ち入らない主義なので、その理由は知らない。ただ、働くのはマンションのローンの返済のためだといっていた。しかし社員でいたら福利厚生もあり、今のような苦労はしないで済んだはずだ。

「多分、やめたのは自分にはこんな重責は耐えられないと思ったからだと思う。だんだんリーダー的なものを求められるようになったから。あのね、女は自分に１００パーセント完全なものを求めるけど、間違いよ。70パーセントで十分なの。それで男社会の中で、堂々と自分を売り込むことができるの。だって、50パーセントの男は自分を過大評価しているもの」

耳が痛いやつも多いだろう。

なつかしい村へようこそ

八王子から横浜方面をめざして16号線を走っていると、いつのまにか打越町《うちこしまち》の八王子バイパスに入ってしまう。そこから相模インターの出口までおよそ4・5キロメートルほどの距離なのだが、これがなんと有料道路になっていて普通車で260円も請求される。側道もあるようなのだが、いまだにどうして入ったらいいのかわからない。

横浜方面から八王子に向かうのはもっとたちが悪く、元来の16号は大回りするようになっていて、運転手は気付かないうちにバイパスに入らされている。通行料金をぶん取られたあとは、16号の切れっ端のようなところに出され、位置関係もわからなくなりパニックになる人も多かった。今年の9月にはようやく施行後30年たつので、無料でバイパスを通過できるようになる。

「詐欺ダアー」と最近まで怒声を放っていた私も、ついに馬鹿らしくなった。それで同じような詐欺を考えついた。若者たちを「有料の村」に誘い込む手だてである。

公共の道路ではなくそこら一面、たとえば東京ドーム５個すっぽり入ってしまうくらいの私有地を買う。もしくは潰れそうな村から借りる。そこは廃校であってもいいし、廃鉱でもよい。

要するにだれも見向きもしないすたれた土地に、何もしらずにご機嫌に運転してきた若者たちを誘い込む。

田舎道はすごいなあと騒ぎながらガタガタした道路を走っているうちに「なつかしさに出会える村」と書かれた看板を見過ごして入場してしまい、１００メートル走ったところで「Ｕターン禁止」の立て札の横に老人グループがにこにこして出迎えてくれるという寸法である。

老人たちは、１台につきワンコインを受け取ると村の案内図をくれる。もうこの時点で「詐欺」ではあるが、そこは老人の妖《あや》しさで若者を幽玄の世界に取り込んでしまうのである。

渡された案内図には、「大人の文化と出会える村」の詳細が描かれている。「花咲か爺ぃの村」では苗木を植えて花を咲かせる爺さんがいる。芋を掘る人もいれば、たちどころに１ＤＫの小屋を建ててしまう大工翁もいる。川を引き込んだ畔には釣り名人がいる。スマホは扱えなくても、鉱石ラジオからドローンを製作する電気オタク老人が色々と教えてくれる。本物の小型の蒸気機関車だって造れるから猫が運転していたりする。

「60年前は美女」の館では、踊りから裁縫、和服の着付け、裏千家まで婆様が若い娘に指導してくれる。サッカーは無理でも薙刀《なぎなた》やヨガ、護身術まで習える。爺婆の別なく京料理や男の手料理を覚えさせてくれる。絵画や書道も一日で極意を得られる。

勿論シニアプロと名の付くスポーツ選手も待機しているから若い娘には親切丁寧に指導してくれる。

そこにはたそがれ文化人もいて、デカンショーを講義してくれるし、異性で失敗してしまった「ワタクシ」なども議演してくれる。

だからここから出ていく若者は本物のなつかしさに出会えて幸せになって帰っていく。そして著者のエキスを吸いこんだ上、老人たちには生活費が入るのである。

老後のための修行時間

世間のサラリーマンは、自宅で過ごす時間が多くなって喜んでいるはずなのだが、どうもそうではないようである。

これは定年退職後の人生の過ごし方にも通じる話である。

趣味のない人は味気ない老後を過ごすしかないし、語学力のない人は外国旅行も一人では行けず、添乗員のあとをくっついていくだけである。それが自由だと勘違いしている。

自由とは、深く味わいのある人生を送らせてもらった、と思えるだけの、修行を積むための時間を与えられたということなのである。

自宅で過ごす時間が多くなったことを、有効に活用しようということとは、今更ながら、与えられた自由時間を人生の修行に使いたまえ、という神様からの恩恵なのである。

４月11日の土曜日には、私の４か月遅れの誕生日コンペが開催された。一月前には参加予定だった岡山や淡路島在住の方が飛行機が飛ばず来られなくなったり、時節柄自粛した経営者がいたり、俳優の田中健さんのように、「この時期ゴルフをしているとスポンサーに顔向けできないので自粛します。無念です」と手紙を書いて寄越した人もいる。

そんなわけで12名の予定が8名になったが、タケ小山プロのように、4時間に及ぶラジオの生放送を終えるとすぐに駆けつけてくれたり、ミニスカートを穿いて颯爽と現れた女性もいる。みな快晴のゴルフ日和を楽しんでくれた。

ゴルフ場にはいい風が吹いているし、コロナウイルスに怯《おび》えて家にこもっているよりずっといいという考えを持つ人たちである。アメリカでは40パーセント近くのゴルフ場を閉鎖しているとは聞くが、案外科学的でない国である。近年に入っても魔女狩りをしているはずである。不安に弱いのである。

この日はあらかじめ、発売中の私のエッセイ集や時代小説文庫を読んでくれていた恵比寿の小料理屋の美人女将もいる。そう、休暇中は本を読もうというのが一番賢明なサラリーマンの過ごし方なのである。

でも本屋では本を購入する人がこの騒動以来減ったという。ここで老後の過ごし方との関連性が生まれるのである。

私の場合はこの機会を利用して、小説の書き方というテーマでユーチューブにあげようかと考えている。ノンフィクション作家の山根一眞《かずま》氏は、犬の散歩中にラジオで放送大学の授業を受けているそうである。語学力を改めて磨くのも老後に通じるいい過ごし方である。

趣味のない人の老後は味気ないものである。仕事にあけくれていたせいもあるし、そんな余裕を持つセンスがない者もいる。当然友人もいない。肥溜《こえだ》めに落ちているので救おうとすると、余計なことはするなと怒嶋るやつらである。放っておくだけならいいが、害毒にもなりえる。

コロナウイルスは中共が生んだ科学細菌兵器である。綱菌兵器製造に失敗した中共は、こんな時期を狙って、漁船を装《よそお》って日本攻撃を目論《もくろ》んでいる。

それに気づかない老人や報道機関がその害毒である。

「反原発」拒否の論理

大阪大学で「東日本大震災と原発事故、いま関西からできること」と題する公開講演会が開催され、専門家や科学科の教授陣に混じって、楽天家作家の私も参加することになっていた。私の演題は「反原発は偽善者、利己主義者にとっては心地よい響き」というものでおよそ科学的とはいい難いものであった。講演のタイトルがそのまま講演の内容を表現していて、今更という感じもあった。

しかし講演会の2週間ほど前から肝硬変が悪化し、ずっとベッドで過ごす日が続き、当日は欠席する羽目になった。ところがそれから2日たつと急に元気になり、行きつけの医院に薬をもらいがてら初めて松屋の牛めしを食ってみた。その食感は値段にふさわしいものであったのだが、もしこれが風評被害に遭っている福島産の牛肉であったらもっとうまい肉が出てきたのではないかと思わされた。出荷しても売れないから安く買えるのである。それに私くらいの歳になると、放射線など屁《へ》のカッパで、仮に放射能が体内で蠢《うごめ》き始めた頃には死なばもろともとばかりに放射能を抱いたまま火葬されることになっている。

放射能の影響を恐れる戦争体験のある老人たちはいったい何歳まで生きるつもりなのだろう。年金組合が破綻し、生活保護費が３兆円を超すはずであると頷いたものである。世の中には何の役に立っていないばかりか、害虫にも劣る老人たちがいるのである。

子どもたちに明るい未来を与えたいとか、社会貢献を訴える連中はみな偽善者だと私は思っている。天《あま》の邪鬼《じゃく》であるかもしれないが、そういった薄気味の悪い奴らがこの国の中でぬくぬくと調子よく生きてきたのも事実なのである。

この連載を打診されたとき、私が一番危惧したのは、自分勝手な思い込みが読者の反感を買ってしまうのではないかと恐れたからである。私はずっと以前から『テーミス』誌のファンであったから、その気高いジャーナリスト精神を汚したくなかったのである。

で、牛めしを食べながら、タイアップ企画で無料で提供されたステーキを口に含むなり「うわー、おいしい」と叫んでいるタレントたちに見せたいシーンであるとやはり一人で頷いていた。それは食肉用の牛がこめかみに銃弾を食らい、どっと倒れたところに首を鉈《なた》でちょんと切られる場面である。

血飛沫《ちしぶき》が鉈を持った人の体にかかり、牛の首からはどくどくと血が流れる。その現実を見てからステーキをおいしく味わえる人がどれだけいるのだろうかということである。それは仕方ないという人がほとんどだろうが、その思いの背景には、人間が生きるためには、という正しい解説がつけられる。

しかし、なぜこんな人間が生きなくてならないのか、というもっと深遠で正しい解説がなされることはない。広島・長崎に落とされた原爆と福島の原発事故がいつのまにかワンセットで語られるようになり、反原発を唱えなくては日本人ではないと揶揄《やゆ》されるトリックも同じ種類のものである。日本は放射能と共存するしかないのである。

天下りの毒薬

官僚の天下りが何故いけないのか。

その前にまず、注意すべきことがある。官僚側には様々な屁理屈があろうが、それに決して耳を傾けてはいけないことである。明治以来営々と築き上げてきた陰湿な嘘と詭弁の技術は、人がいいだけの国民ごときにそう簡単にあばきたてられるものではない。

何故、天下りが許されることではないのか。

それは一丁あがりとなったはずの官僚が再就職する先の法人が、ほとんどすべて納税者の役に立っていないからである。特殊法人は国が１００パーセント資金を提供しているし、その下にぶら下がる約２万５千の公益法人は、建前上、民営でありながら実際は特殊法人を通して国から資金を得ている。

公益法人で行う不透明な仕事も、上にいる省庁から随時契約で与えられたものである。問題なのは、国民のためになるべきそれらの仕事はすべて無駄だからである。それどころか害毒になっている場合もある。天下り官僚の再就職先とは、国民のためでなく、すべて官僚の懐《ふところ》と利権を温存させるための機関にすぎない。国民にとってはまったく無用なものなのである。つまり、国民は自分の命を縮めるための毒薬にせっせと金を払っていることになる。

ではそれが分かっていながら、なぜ天下りや元官僚の「優雅な渡りジジイ生活」をやめさせられないのか。官僚の抵抗が強いからだけではない。政府に、連中と差し違えてでも、天下り官僚を抹殺しようという腹をくくる根性がないからである。中途半端にやった安倍政権は反対にやられた。では、どうするか。

すべて民営化してしまえばいいのである。特殊法人の看板があるから、政府に金をねだる。だからどこもかしこもまず独立法人にして、勝手に経営しなさいと任せてしまえばいい。公益法人にしろ、本来は法人運営はすべて自分たちの裁量でやるべきところなのである。だが、民間企業のような営業力もなく、足のマメをつぶして歩く苦労もできないから、元所属していた省庁から金をねだって、アホな理事のための給料をひねりだす。

国からの援助という兵糧を絶ってしまえば、能力のない法人は立ち往生する。当然赤字になるから給料も退職金もでない。それどころか理事ともなれば自ら資金を提供することにもなりかねない。そんなばかげたところに行く官僚はいないから天下りは自然になくなる。それでも賄賂《わいろ》を得る者には労役で罪科《ざいか》を償《つぐな》わせればいいのである。刑務所で無駄飯を食わせることはない。

リーダーの値段

リーダー募集の総合会社に応募したとする。

そこで、若い面接官から「あなたの値段はいくらですか?」といきなり訊かれて、「へっ?」と反応した人は、第一次面接失格である。理由は簡単だ。自分の価値すら相対的に判断できない者に、他者の力量を推し量る能力などあるはずがないからである。

その人がかつて上場会社の幹部だったとしても、その地位まで登り詰めることが可能だったのは、たまたま社会全体が上昇気流に向かっていて、所属していた部署なり会社なりが、波に乗って儲けることができたからだ。あるいは腰巾着に徹していたことが功を奏したのだろう。

そうではない、自分の才覚が優れていたからだ、と思う人はどうでもいいけどリーダーとしての値段はつかない。また政治家としてのリーダーと会社の社長のリーダーシップは、ときとして同列に語られることがあるが、その資質の重要性と仕事の役割は全然違う。

そのヘンを分析するのは政治アナリストと経済学者の論戦にまかせるが、要するに政治家というのは地盤とのつながりがあれば、二世であろうが、三世であろうが一度は当選できるものなのである。資本主義の論理とはまるで違う。

社長室の本棚に『孫子の兵法』を麗々《れいれい》しく飾ってある人は駄目である。闘わずして勝つといったり、時価総額が会社の価値だと唸っても、本人のリーダーの値段は上がらない。むしろ下がる一方である。そんな程度のことは自分の頭で考えればいいのである。

大昔の兵法を現代ビジネスに生かそうという心根《こころね》が卑しい。どうしても中国物を読んで教養人の振りをしたいというのなら、宮崎市定《いちさだ》氏の現代語訳『論語』を薦める。

人間にはお金で買えない価値がある、と医師の鎌田實氏は著書『人間の値打ち』（集英社文庫）に書いている。鎌田氏と私は同学年で、成績優秀だった彼は都立西高に入学し、私は杉並区から、その頃は芋とトウモロコシばかりが植わっていた調布市に流されて都立神代《じんだい》というのどかで神々しい高校で青春時代を過ごすことになった。

ここで人間の価値の差が生まれたのだと私は鎌田氏に注文をつけたい。彼は学歴や職業、高収入に人間の差はないというが、社会には、ある。鎌田氏は人格者になり、私は素浪人になった。

自由業者の価値観は他者が判断するもので、自分では値段はつけられないのである。

しかし同時に鎌田氏は「人間の値打ちが低い人をリーダーにしてはいけない」といっている。そして東芝を粉飾決算に導いた幹部連中を糾弾している。そこで私とほぼ同年代でリーダーとして値段がつけられる人を思い浮かべた。

岡藤《おかふじ》正広氏、松本晃《あきら》氏、似鳥《にとり》昭雄氏、柳井正氏、大西洋《ひろし》氏、野村雅男氏、少し年下に孫正義氏、高原豪久《たかひさ》氏などが頭に浮かんだ。この人たちはパンツ一枚で市場に売りに出されても10億円以上の値段がつく。鎌田氏は佐《さ》光正義《こうまさよし》氏をあげている。

これらの方々が何故値打ちがあるのか、それを見出すのもまた謙虚なリーダーの条件である。

生前整理は死んでから

何事につけ不精で面倒くさがり屋なので、生前整理なんて考えも及ばない。それだけ毎日生きることに必死なのである。といって健康のために毎朝歩くとか、ジョギングをするといったことをするわけではない。そういう行為を自慢げに話す人を、うるさいなあと思うこともある。それより、私は生きるだけで必死なのである。

しかしながら、この男のいうことを真に受けてはいけない。口では必死と言っておきながら、その中味はといえば、今日の競馬レースでいくら儲けるか必死に考えているだけなのである。どうも生命ということに対して不謹慎なところがあり、つまりは楽して日銭を稼ぎたいだけだといった方が正しいのだ。

ただし、自分の置かれている立場がかなり危ういところにきていることだけは自覚している。執筆業を生業としている者には共通していることだが、出版不況が長引き、ついに来るところまで来てしまっているからである。来るところとは、人生の底を打ったというところである。通常、企業でも景気でも底を打てば次には必ず上向くのであるが、出版界にはその気配がない。あきらめるしかないので、もう頑張るのは邪道だとさえ達観せざるを得ない。

つまるところ、毎日が必死で生きていると同時に、毎日が生前整理なのである。自然に任せているだけで周囲の物が淘汰されていく。先日もパリ行きの資金に少しでも加算しようと古本屋を家に呼んで、埃《ほこり》をかぶっていた本を売り払った。稀少本もあったが、それは家人にとっては全く意味をなさないものであった。それらをあわせるとパリ行きの航空券代になった。ただし酒代には足りなかったので、ゴルフのコンペで得たブランド品のバッグを売ると10万円近くになった。生前整理は実に合理的にできている。

私の母は85歳まで生命保険の外交員をやっていた。退職してのどかにお迎えがくるのを待っていたが、いつまで経っても来ないというので、その合間に友人と生前のお別れ会をしようということになった。そこで銀座のクラブを借り切って、3千円会費で食事会を開催したら80名の友人が集まった。みな美容院にいき、和服を着てホホホと現れた。

それが母の88歳のときで、好評につきまた3年後にやった。顔ぶれは少し違ったが、そのときも80名が集まった。また好評であった。息子の私は少し貧乏になったが、母が喜ぶのならと思い、母が95歳になったとき、またやろうかと提案したら、もういい、代わりに戒名を息子のあんたが作ってくれといわれた。ついでに私の戒名もつくった。それが親子の生前整理であった。

6年前私は胃の末期ガンを宣告されたが、治療は拒んで風のおもむくままに生きている。先日の検査ではガンが消失していた。ガンを宣告した医者は、あっけにとられていた。人生とは面白い。それで、生前整理は死んでから考えようと思っている。

秋の月は美しすぎて

短歌に詳しい友人に、秋にふさわしい歌を教えてくれといったら、こんな一首を差し出してきた。

「にほの海や　月の光の　うつろへば　浪の花にも　秋は見えけり」（藤原家隆・新古今集389）

にほ、とはなんだと訊くと、「鳰《にほ》」つまりカイツブリの別名であるという。ぼんやりしていると「秋は月の光が美しいから、浪のおかげでいっそう秋らしくなるよ、といった意味だな」と説明してくれた。カイツブリは海ではなく、淡水に巣をつくる水鳥ではなかったかと思っていると、彼はついでにといって、正岡子規の句を書いてくれた。

「湖や　渺々《びょうびょう》として　鳰ひとつ」

このサンズイに目をかいて少をくっつけた字は何と読むのだと訊くと、作家のくせにこんな字も読めないのかといって「ビョウビョウ、つまりはてしなく広い様子をいう」と得意気に鼻をうごめかせた。彼を茶化す気など毛頭なかったのだが、私はつい胸に思い浮かんだことを口にしていた。

「岩崎宏美の歌に『思秋期』というのがあって、おれは『心ゆれる秋になって、涙もろい私』（阿久悠作詞）というフレーズを聞くと、心が悲しみ色で染まるんだ」

そういうと、かれは五十四歳のオッサンが何をほざくか、という顔付きでこちらを見つめ、やがて無言で去っていった。

秋は月の光が美しい季節かもしれない。たしかに、夜散歩していて自分の影がうすぼんやりと白い舗道にうつっているのに気付き、ふと振り返ると、夜空に不気味なほど大きな月が浮いていて、周囲を淡い青さに映し出している光景に出会ったことがある。薄いちぎれ雲が月に向かってゆったりと泳いでいくのもくっきりと見えて、宇宙のかもし出す壮大な秋の儀式を感じて神妙になる。その美しさに息を呑み、自分に生命力があることすら忘れてしまう。つまり、大きな月と夜空を見上げ、自分がいかに小さなとるにたらない存在であるかを感じてしまうのだ。

「秋の陽って、釣瓶《つるべ》落としっていうでしょ。あんな感じなんですよ、芸能人て。チヤホヤされているな、と思っていい気になっていると、あっという間に落ちているんですね。実にあっけなく、早いんですよ。で、一度落ちたら、もうどうあがいても上がれないんですよ」

私と同い歳の芸能人がいっていたことだ。かつて歌手としてヒット曲をとばし、ドラマにも多く出演していた彼の名を、私の娘は知らない。

芸能人の場合はそうかもしれない。だが、ときに月を眺め、さみしさを感じつつも、等身大の自分と向かい合う余裕を持つことができれば、再浮上とまではいかなくても、ゆっくりと漂う秋の雲のように、味わいのある人生を送ることができるような気がする。

そういえば、生まれたての娘を抱きながら、晩秋の深夜、西新宿のマンションのベランダに立って、月を眺めていたことがある。そのとき、娘に向かって呟いたことを22年たった今でも覚えている。

「太陽にはなるな。月になれ。人々が寝静まったとき、そっと淡い光を投げかける、月になれ」

10月に娘と伊勢の二見浦《ふたみがうら》に行く約束をしている。父の生前、母と父が旅をして、夫婦岩《めおと》に願かけしたというのである。そのお礼に娘と行ってくれと九十一歳の母に頼まれたからである。その旅で、私は、美しすぎる秋の月を、眺めていることができるだろうか。

２０２１年７月12日18時56分

いつもありがとう。
もし、これが出版される
ようなことがあれば、
高橋三千綱の最後の
メッセージになります。

高橋三千綱

亡くなる１カ月前、病床から知人の編集者に送った高橋三千綱氏のメールである。これ、とは本書の原稿のことで、病床に伏しても、とても気にかけていたことがメールの行間から伺われる。

２０２１年８月17日、高橋氏は時を越えて逝った。73歳だった——。

人間の懊悩を情感あふれる三千綱節で見事に描いた本書は、文字通り、高橋三千綱氏の最後のメッセージとなった——。

編集人

高橋三千綱

たかはし　みちつな

1948年1月5日、大阪府で作家・高野三郎の長男として生まれる。2歳より東京杉並で育つ。サンフランシスコ州立大学創作科、早稲田大学第一文学部を中退。テレビ局員、ホテルマンを経てスポーツ紙記者在職中の74年『退屈しのぎ』で第17回群像新人文学賞を受賞。以後、作家に専念。78年『九月の空』で第79回芥川賞を受賞。

主な作品に『葡萄畑』『怒れど犬』『天使を誘惑』『坂道を越えた国』『猫はときどき旅に出る』など。エッセイ『こんな女と暮らしてみたい』はミリオンセラー、『真夜中のボクサー』を映画化、脚本、監督を務める。『Dr.タイフーン』『セニョールパ』といった劇画の原作も多数手がけ、近年は、時代小説に新境地をひらいていた。

近作には、『さすらいの皇帝ペンギン』（集英社）、『作家がガンになって試みたこと』（岩波書店）、『悔いなく生きる男の流儀』（コスミック出版）がある。

2021年8月17日逝去。


本書は、『テーミス』（株式会社テーミス）に連載された『楽天家の人生発見』（2007年8月号～2020年12月号）を改題し書籍化したものです。また、「酒のせいにはしたくないが」「健康の心地よさを求めたが」「自分史について」は『スーパーエイジ』（2004春～2005冬号・予防健康出版社）、「『天然まんが家』の心やさしい生き様」は『週刊文春』（2001年1／6号・株式会社文藝春秋）、「我が父の宝物」は、『沙羅双樹』（2001年1月号）、「お母さんは、仏壇の前に座って泣いている」は『ほんとうの時代』（2008年12月号・株式会社PHP研究所）、「何でもやってやろう」は『songaihoken 高校教育資料』（2002年秋号）、「女殺しのテクニック」は『FUEL』（2000年7月号）、「自由な人生を想像してみよう」は『年金時代』（2008年8月号・社会保険研究所）、「天下りの毒薬」は『第三文明』（2009年10月号・株式会社第三文明社）、「生前整理は死んでから」は『コモ・レ・バ?』（vol38・CONEX ECO-Friends 株式会社）、「秋の月は美しすぎて」は『ふれあい』（2002年秋号・納税協会）より抜粋し掲載いたしました。

編集協力――歌田哲哉・荻原奈里

人間の懊悩　今は呑みたい

二〇二一年十一月十七日　第一刷発行

著者――――――高橋三千綱
編集人・発行人――阿蘇品 蔵
発行所――――――株式会社青志社
〒一〇七-〇〇五二　東京都港区赤坂5-5-9　赤坂スバルビル6階
（編集・営業）
TEL：〇三-五五七四-八五一一　FAX：〇三-五五七四-八五一二
http://www.seishisha.co.jp/
本文組版――――株式会社キャップス
印刷・製本――――中央精版印刷株式会社

ISBN 978-4-86590-126-9 C0095